非常咖啡店

只給你的，人生特調

by 阿福老闆

推薦文

有趣的靈魂，有趣的經歷

左撇子（「左左的紳活札記」粉絲團版主）

我跟阿福認識好多年了。

從他還「只是」一位咖啡店老闆，聽他分享過去那些讓人驚呼的旅程，接著成為朋友，交流著彼此「理性」到不行的分析。

到我出版了第一本書《左撇子的電影博物館》，書中大量「看電影長知識」內容，需要請他為書中的專業知識做背書。

到他親自接管「三咖啡」的粉絲團，一路見證了他竄起成為當紅的新銳作家。

終於，輪到我為他寫推薦文了。

有趣的靈魂，會聚集更多有趣的人。打開此書的你，想必，也擁有著特別的靈魂。

阿福絕對是我身邊最聰明的朋友之一，更難得的，是他個性充滿著衝突，就跟他的文章一樣。

他能自如的以主人的身分，為朋友們的事業穿針引線，私底下卻又有點社群恐懼。即便如此，他依舊勇敢站在人群的最前線，用腦袋去分析事情，用心去幫助人。

這正是他的魅力之處，也如同他的文章，毫不保留的傳達給每一位讀者他的真實感受。

他述說著累積在他腦袋中的無數故事，用特殊的切入角度去看世界，永遠鋪陳著讓你期待的反轉，不到最後一行，你不知道他這篇文章又有什麼巧思要博你一笑。

這是一本新奇、有趣，帶著滿滿巧思與感性的書，每一篇都有著讓你感動、折服、爆笑的地方。

作為一個好友，也作為一位影評人，我更推薦大家能重複、細細的品味這本書。

用電影來舉例，這是像《三個傻瓜》、《真愛每一天》、《白日夢冒險王》、《全面啟動》這樣，能讓大眾買單，又能從中獲取智慧的一本書。

我相信任何熱愛電影的人，會知道我給這樣的評價有多高。就跟諾蘭導演的電影一樣，這本書是：

第一次看，輕鬆歡樂的去看。

第二次看，靜靜的琢磨出藏於幽默之中，那些低調的智慧。

這是怎樣的一本書，也源自於你是怎樣的人。你是怎樣的人，就會怎樣看待這本書。

只有你，能決定這本書的價值。

期待你的體驗。

推薦文

疲憊時，從中得到些力量

阿慢（《百鬼夜行誌》作者、恐怖圖文作家）

在知道「三咖啡」之前，就已經在網路上看過阿福老闆的文章，文筆之流暢隨興，卻又耐人尋味，讓人忍不住一直看下去！

三咖啡老闆的文字有著特殊的魔力，總是能恰當的形容出每位來到店裡的客人。故事劇情之轉折，有的帶些洋蔥，有的讓人笑到不行，也有滿滿的溫暖，常常出乎我的意料。每次看完的當下，感覺自己似乎也身在咖啡廳內，喝著一杯咖啡，享受著老闆說的每一篇有趣的故事。

這本書很適合隨手翻閱。當自己疲憊不堪時，閱讀當下，總覺得自己也能獲得一些力量，心靈上獲得極大的滿足感。這真的是一本很棒的書！

推薦文

溫柔的心靈魔法師

超媽（「超感動」粉絲團版主）

咖啡不只是一種飲品，它還有更多的意義和價值。位在臺北的「三咖啡」裡，阿福老闆就像是一位神奇的魔術師。他有個特殊技能，總能夠用一杯特調咖啡撫慰著人們受傷或寂寞的心靈。如果你想忘記傷痛，那他的特調咖啡也可能變成一碗孟婆湯。

一杯特調，一個故事。《非常咖啡店》書中的人事物既平凡又獨特，每次讀後總讓人意猶未盡。我欣賞阿福老闆總能在簡單的交談與觀察中，輕易的把一個有故事的人看透，然後對其施展溫柔的魔法。「特調咖啡」是他的魔杖，被施魔法的人得自己品嘗手中的特調咖啡是什麼滋味。

傳聞中，單身超過三十年就能成為魔法師。倘若你欣賞他的特調，那麼他或許也能成為你心目中的哈利波特。

推薦文

用一杯咖啡，換取重新開始的勇氣

螺蛳拜恩（作家）

過往遠居離島時，我喜歡定期翻閱現在已經停刊的《Taipei Walker》雜誌，以螢光筆圈選想造訪的特色咖啡店。耗費一個下午，於香氣四溢的店裡品嘗手沖黑咖啡，故作優雅的翻閱書籍，間或觀察往來行人，是我個人心目中理想的成人形象，即便當時我根本喝不了苦澀黑咖啡。

搬到臺北工作後，街頭已被四處林立之連鎖咖啡店占據，大企業的標準化服務和均一品項，讓每家店看起來都一模一樣。與店家接觸的時間，僅限於早晨外帶咖啡之兵荒馬亂時刻，臺北的咖啡店和我長大的姿態，都不是兒時期許之樣貌。

而《非常咖啡店》則是帶著讀者重返腦海中那模糊且熟悉的回憶。洞察人性、以幽默話語及拿手特調撫慰人心的阿福老闆，和各色充滿個性的鮮活店員駐守此處，與來來往往的顧客產生交集。喝咖啡不再是單純買賣行為，每杯親手遞送出去、帶有溫度的拿鐵、耶加雪菲、熱可可等，都有獨屬於它們的精采故事。

在那個發光發熱的真實角落，我的兒時夢想被賦予新生命，期待某天的不期而遇、駐足淺嘗，以一杯咖啡的代價，換取隨時隨地重新開始的勇氣及力量。這難道不比咖啡買一送一更划算嗎？

Part 1 人生百味咖啡

Part 2 真感情咖啡

Part 3 正港老闆咖啡

【自序】

以咖啡，雕刻心靈

我內藏一個過度理性的靈魂，
很冰冷的看著
每一件事情。
一切數據化，一切效率化。
而這種冰冷，
剝奪了我身為人
應該能感受到的各種酸甜苦辣。

別人的母親去世，
不好意思，跟我沒關係；
別人拿極品咖啡給我，

對不起，這就是一杯飲料。
與其說是個人，
我更像是一個機器。
彷彿一身就是如此。

一天，我面對鏡子，沒有笑容，
全身包含內心都麻木。
放棄了活力，氣餒。
我逐漸步入一個無聊又平凡的生活，
開一間咖啡店。

我用理性來確定未來，
冷冰冰的進行每一步的計算。
我賣的咖啡我沒有感覺。
日復一日，

病了。

但有天，靈魂吶喊，
叫聲震破了冰冷的外殼。
不知為何，我慢慢放棄了
對數字的執著。
放慢，
我想要做一個人。

這改變讓我慢品著咖啡，
舌尖感受了酸甜苦辣。
看著咖啡店來去的人事物，
隨著大家的互動，
品出了他們生命的喜怒哀樂。

久而久之，
我的內心，熱騰騰了。
我寫了下來，
那一點一滴如空白般的感受，
開始畫上了不同味覺的色彩。
我落下眼淚，是熱的，帶鹹，
脆，淡。

這是生命。

每一場生命都是英雄，
不管多麼的微小，
多麼的自然。

我希望，就在這本書中，
這炙熱帶溫度的文字，
讓你感受到我內心轉化的悸動。

每一個平淡無奇，
看出了英雄。
發生在一個很平淡無奇的咖啡店裡。

史詩的平凡，
在三咖啡。

人生百味咖啡 Part 1

你的心靈電車經過三咖啡站，

不論過去、現在、未來，

會有一位對你來說既陌生又熟悉的人，

還記得你。

01 寶可夢小孩

我的店「三咖啡」，其實是全臺灣第一個夜晚型寶可夢道館，有很多社會人士來三咖啡玩到半夜，拆一堆卡包、抽最稀有卡牌什麼的。

三咖啡裡有一個小區域（在洗杯子檯後方），放著人人都可免費來拿且不要的寶可夢棄牌區，數量驚人，大約有兩千多張。

一位穿紅色衣服、化著濃妝的媽媽帶了大約國小二年級的制服小男孩進來，坐在一位等了很久的西裝先生對面。

小朋友開心喊：「爸爸好久不見。」

我有點愣住，這句話很奇怪，但可以感受到應該是離婚家庭。

這位爸爸長得斯文好看，看來有點疲勞，白白淨淨的帶點不修邊幅的鬍渣。他的黑眼圈可以表示，他睡得很差。

孩子跟爸爸抱了一下，坐下來喝我送上的熱巧克力牛奶。孩子問媽媽，爸爸什麼時候搬回來。媽媽摸摸他的頭說，爸爸要工作很忙，所以不會搬回來喔。

看得出來媽媽很努力在維持一個溫柔但不被識破的謊言。媽媽說，有話要跟爸爸私下聊，小朋友就轉頭去搜索寶可夢的卡片。

小朋友背對著父母將卡片全倒出來，坐下來，翻卡片玩。其實那個位置雖然背對父母，但我可以全程看到小朋友的表情。

國小二年級，面對離婚父母，應該是無能為力吧。

父母的對談有點大聲，我就算在洗杯子也聽得到。

他們確實已經離婚了，因為過度私人，所以我也不好意思聽，更不好意思說細節。但很確定的是，兩位正在談有關這小孩的撫養權與生活費這些事。

我看了一下小孩。他抓起一張卡片，放下，拿起來又放下，心事重重的樣子。表面上他手忙腳亂在找卡片，但紅著眼睛……正偷聽他爸媽的對話……

他用自己的袖子擦眼睛、擦鼻子，然後笑一笑。他正在獨自堅強。天啊……這對小朋友的打擊太大了。

小孩拿起一張卡片，大喊：「是一張黑色噴火龍！」然後拿卡片給爸爸媽媽看。媽媽看了看，笑一笑，爸爸也笑了笑。

我覺得他是故意的，他很刻意在打斷父母的對話。

那張卡片其實對收藏家很有價值，不知道為什麼掉在那邊。小朋友很懂它的價值，可惜的是父母，並不懂。

小朋友笑呵呵，繼續堅強，然後開心說要找兩張給爸爸媽媽。爸爸開玩笑說，再找到就三個人一起吃飯。

這不經意的話，給了小朋友莫大的勇氣。他大聲說好，然後立刻奔回卡牌區，回到地上繼續找卡片。

小朋友一回到地上，轉身笑容瞬間消失，又泛著淚往地上猛找，應該是要找另一個噴火龍……難道小朋友認為找到兩個噴火龍，就可以修復父母的關係嗎？唉……

我很想對小朋友說，黑色噴火龍是不可能有第二張的。那一張，起碼五萬臺幣。

我轉身回頭照顧其他客人。店裡其實滿忙的。

過了十分鐘，我轉頭看一下小朋友，很糟糕，小孩已經開始流淚了，但是沒出聲，應該是不想驚動爸媽。

而確實他爸媽完全沒發現，因為爸媽那邊的氣氛很異常，可以聞得出火藥味。

我放下杯子，馬上拿面紙過去。小朋友搖頭表示不用，用袖子猛擦眼淚，對我說能不能幫忙，然後後面說了「叔叔」兩個字。

誰是叔叔啊？拎北叫哥哥。

我點頭說好，然後坐下來，陪小朋友找那個不可能找得到的黑色噴火龍。

地板那一區亂亂的都是卡牌。小朋友一直流眼淚沒停。他讓我想到《國王排名》裡愛哭的波吉……

他的手很慌，心很急，可以聽到他喘的聲音。

他忍住哭聲，但又急。其實他可以哭出聲音來，但沒有，是個很懂事不想打擾大家的小大人。

他父母在座位上談生活費、撫養權，談工作不容易、家裡誰要管，而我在這邊陪小孩看傑尼龜、超夢、皮卡丘、妙蛙花，用命找噴火龍。

他很拚命，很用力，很認真。

他其實不是要找噴火龍，他是要找可以讓父母復合的方法。

這小子才多大啊……

小孩的喘息聲太大了，驚動了媽媽，站起來一看發現孩子不對勁。

小孩彷彿被發現做了壞事，立刻掩蓋自己的眼淚，用袖子擦乾，但袖子都溼了。媽媽慌張拿紙巾擦孩子的臉，擁抱一下。

爸爸卻站起來兇媽媽幾聲，說怎麼沒看好孩子！

媽媽本來氣得要回嘴，我立刻站起來，手指比噓，示意兩位過來。

我先用手指指著小孩，接下來沒有發出聲音的用嘴型說了四個字：

「他、聽、到、了。」

我站起來，回到我的吧檯。

這是你們身為父母要好好做的責任。小孩很重要。

父母愣住了，他們沒想到孩子聽到了自己說的話，因此有些懊悔。

但小朋友立刻笑得無比燦爛，帶著兩道淚痕，說找不到黑色噴火龍好難過喔，希望爸爸媽媽一起來找。

這小子……真會撒謊。其實明明是他聽到了父母的對話，他難過，但要緩解父母的感受，真的是個小大人。

然後就在亂亂的卡牌區，媽媽坐到地上，爸爸也坐在地上，一起找卡片。

一個溫馨的家庭如畫一般出現了。

他們一起找，一直找，不斷的翻卡片。

這個時間點，我看到小朋友是幸福的。如果時間之神聽得到他的願望，那應該是希望時間可以久一點、再慢一點。

我看了一下時間，差不多六點了，他們還沒找到黑色噴火龍。但爸爸說他肚子餓了，媽媽說也是，應該可以出去一起吃個飯。

爸爸背起小朋友的書包，媽媽牽著小朋友的手，三個人就這樣，一起離開了咖啡廳。

即使沒有找到黑色噴火龍，但是小孩的行動，不可思議的讓家庭和睦的關係，再延長了些。

這小子真厲害。

這個貌似大人不可能成功的戰鬥，小孩做到了。

原來，大人有大人的戰鬥，小孩有小孩的戰鬥。

02 記憶點餅乾

不同咖啡廳給人的記憶點不一樣，老闆的專業是一回事，專業與情意需要完美的搭配，不容易。最主要的是，後面為客人帶來了什麼？手沖了一杯耶加雪菲，有的咖啡店會配一小塊法式餅乾，有的會放杏仁果，有的什麼都沒放，放的是一種對咖啡的介紹。

咖啡店想要呈現的，是自身對咖啡的一種愛及生命態度，能透過非語言的方式，用香氣，用嗅覺，用味覺，來傳達給坐在對面的客人。

一杯好喝的飲料真的會讓人興奮，而這個興奮的渲染力，極強，可以為你的一天帶來充沛的好運，又能讓你周圍的人感受到你的活力。

雖然只是一杯咖啡，它卻是你一天骨牌效應當中，非常重要的一杯飲料。

「老闆，這次你的耶加雪菲怎麼沒加小餅乾？」他笑嘴歪一邊。

這是一位五十多歲的熟客，幾乎每年都來，也去不同的咖啡店。很感謝他去了很多地方，還是會選擇回來我們這邊喝。

我笑笑說：「你竟然還記得，配餅乾是三年前的事了！」

他說：「我記得，奶油餅乾配耶加雪菲的花香……」

是的，味道很不搭！超級不搭，就是因為很不搭我才拿掉！

「只有你這家咖啡店才有，難得我這次來，就是要期待那種滋味。」

我笑笑，遞上了來自法國的小餅乾。

他笑了笑。「我說嘛，對！就是這個，就是這個！」

如同香草配上可樂的不再有的回憶，他就是要追尋那種記憶。

我笑。「三年前的你，很瘦啊，怎麼胖一圈了？」

他喝了一口。「三年前是正在打拚的時候，那時的我好累好辛苦。」

他摸了一下肚子，「現在吃得越來越好，醫生說我快得糖尿病了，不能再吃甜的。」

他去了南部，喝了一圈很貴很貴的咖啡，跑去不同莊園，但還是想來我這邊。然後他小口小口吃著奶油餅乾，啜一口咖啡，宛如英國紳士品著茶點。他吃著喝著，讓我也覺得很香。

他看著空空的手指，皺了一下眉頭。「餅乾沒了……」示意還要一根，微笑的樣子像做錯事的小孩。

我搖頭不准。「就是要有限度的吃，味道及美好的心情才會保持在最佳狀態，一定要記得那種感覺。」

他伸出食指比一，哀求再一塊。其實他明明有錢到可以買一整箱，但他不這麼做，一定要搭配這杯耶加雪菲才正確。

我受不了他那如小狗般祈求的眼神，嘆氣，再拿出法式小餅乾，放在桌面滑給他，如同賭桌上的籌碼給了賭贏的客人。

他哈哈笑說，謝啦。

他拆開包裝，享用著那奶油香的勝利餅乾，小口小口，繼續搭配著耶加雪菲的花香。吃兩遍餅乾，酸性會變強。

他喝一口，細細品味。「喔！花香咖啡有酸喔！就是這個。」

沒錯，咖啡師如同味覺魔法師，過度的甜，會蓋過原本的咖啡甜，所以我才不想附上奶油餅乾。

我解釋：「所以我才不想這樣搭啊！」耶加雪菲自帶的甜味花香應該全被覆蓋了……

他小愣住，眼睛紅了點。「請讓我享受這個酸度……」

那個酸，有故事。

三年前，就在這個位置上，他種花的生意失敗，跟好友借了一筆救命錢。我在場不小心目睹，那時候的他憔悴、瘦、無奈。我當時幫他搭配的，就是耶加雪菲和奶油餅乾。

為何會有這種奇妙組合？是因為我剛好不太懂咖啡所以亂搭的。

他聲音很大，說他還有家人要照顧，頭低低的，希望可以借到錢。一位男人用尊嚴來換，是一種賭。

朋友難以同意，讓他過度沮喪。他又一塊餅乾，又咖啡，後來，他用力了，就成功借到錢。

耶加雪菲配著奶油餅乾的味道，後面帶來的酸味，應該就是他那時候的記憶點，也是他生命的轉折點。

他成功借到錢，持續了種花賣花的生意。

後來，他獨自來喝，炫耀著對我說，他生意做大了、順了。來到店裡，他開始點別的飲料，拿鐵、美式、曼特寧、肯亞，但沒有再點耶加雪菲。

沒想到，事隔這麼久，他這次點了耶加雪菲。

「我生意很順利了。」他笑笑，喝著咖啡，尊嚴有了回報。

人的一生，勝利時刻很短暫，但是透過味覺，可以讓你立刻回想出當時全部的感覺。

就是那個酸，屬於他專屬的酸味。

他說：「老闆，我那位朋友，他救了我一命，但是我……卻沒幫到他……」

他泛淚，安靜沒有往下說，但我也不需要解釋。

我給他杏仁果。「這個，反而可以讓耶加雪菲的香氣發揮最強……你可以試試看……」

身為老闆，能夠降低客人的哀傷是基本。你哀傷了，別的客人看了會覺得不好喝啊。

他看著杏仁果，噗哧笑了，丟進嘴巴啃了幾下，再一口咖啡。

他笑說：「香耶，確實香！」

是的，這就是咖啡搭配小點的魔力。

他喝了幾口，再吃杏仁果。再喝。

為了你的健康我不得不收起果子。

他皺起眉頭，頓時難過。

「老闆，耶加雪菲還是配你的奶油餅乾最讚啦，不要換掉啦！」

你這位客人也真是的。拜託！我怎麼可能為你改變我店的特質。

我笑笑。「主角是咖啡，別再配什麼餅乾，汙染味道啦！」

他說：「那就專屬給我好了！」

「你只是運氣好而已！幸好我還有這款法式餅乾。」

「我就是運氣好，才會有很多貴人相助。」

不，其實是你為人正直，才為你帶來好運氣。

那塊餅乾，我不知為何還是想持續為你備著，那個可以讓你穿梭時光的記憶餅乾。

每一家咖啡店，都有屬於自己的特色，不同咖啡店給人的記憶點不一樣，但一家咖啡店，當有更多不同人植入他們專屬私人的記憶時，咖啡店，無可取代。

正確的味道，永遠還在。

但對不起了客人，再三年，三咖啡就要關門了。

不過餅乾我會隨時備三年，你隨時來，我隨時請你吃。

這是祕密，還不想說。

他說：「欸，老闆，你怎麼魂不守舍？還好嗎？」

我笑。「……我還是覺得耶加雪菲配果仁最讚，配餅乾是邪道。」

他說：「先說好，我要開花店咖啡廳，你要來教我喔！啊！還是我加盟你的咖啡廳好了！」

「加盟也不會有奶油餅乾配耶加雪菲……」

「沒有沒關係！」

他吃最後一口餅乾，喝了最後一口涼掉的耶加雪菲，品嘗那種酸。

「……你只要還活著就好。」

你真沒禮貌。

03 美美

幾年前，有位如渡邊直美的美女，綽號美美，來我們廚房工作。她其實也想到外場，但可能因為會送盤子上下二樓，這種高負荷不僅會讓她瘦，還會影響她美好的身材，所以她決定待在一樓，既有獨立空間的廚房，又有東西吃。

愛吃的員工，才會知道什麼是好吃的。任何美食盡在她眼裡。生命就是要美食，就是要享受。

「老闆，早啊！」外表甜美、帶美瞳隱眼、說話有力是她的特徵。她的笑容很陽光，非常禮貌及專業。也許正因為她的身材，她做什麼菜都很好吃。她會在廚房播放屬於她自己的搖滾樂曲，跟著節奏步伐搖滾、點頭，靈巧做菜。三咖啡的廚房都是一人工作室，所以這裡根本是她的ＤＪ臺。

自信就是美，所以她叫美美。

我有時會去咖啡廳的廁所補廁紙，有次拿了幾卷衛生紙，發現美美就在廁所大鏡子前擺出各種時尚 pose。

她對自己說：「你，美呆了！」

她雙手摸著臉，「你，怎麼這麼性感？」

然後開始跳起我沒看過的霹靂舞……

是的，廁所，彷彿加了閃光燈，瞬間成為她的夜店舞臺秀……

她閃耀，我的滾筒廁紙掉下來，滾進了廁所……

她說：「啊，老闆，你怎麼可以看人家上廁所？」

我死魚眼。「別再跳舞了，快去備料吧，雖然現在沒客人。」

她手指著我。「我，早就備好了，我要準備抖音前的練習。」然後自信走著臺步離開了廁所。

她最大的特色就是，很喜歡進廁所。沒什麼客人的時候，那面大鏡子，是她的練習區。

她要更紅，自信就是她的武器。

某位員工也是她的學弟，對我說：「老闆，小心喔……」

「怎麼了嗎？」

學弟笑笑，「她說話很黃喔。」

學弟突然停止說話，後面有股殺氣。

美美笑笑。「你在說什麼呢？呵呵呵……」

學弟跑去做他的咖啡。

美美扭捏著說：「老闆不要聽我學弟亂說，人家才不是那種人。」

美美用力瞪學弟，學弟嚇到。

她根本就是女王，然後用走臺步的方式回到廚房，開始做餐。

她播放的是 Lady Gaga 的〈Poker Face〉。

其實，她真的很會做菜。隨著舞蹈，她製作的義大利麵，會發光；她的可頌，會閃亮；炸出的薯條，金黃。根本就是廚房精靈。

她自傲的說：「自信的女人做出來的菜就是讚啦！」

臺味十足的妹子！如果是男的，可能還會嚼檳榔，叼根菸在嘴上。大家很喜歡她，那為人自然、大剌剌的性格，每說一兩句笑話，大多是自嘲。能自嘲的人，幾乎無懈可擊。

但自嘲的部分，有點太多了……

有一天，她說要離職去創業。

我說：「在這裡做得很好啊，為什麼想去創業呢？」

美美說：「廚房太多好吃的，會忍不住，而且……」她擺出pose，中二的對著天空，「我要減肥！」

她說她要開始減肥，並且開始販售減肥商品。她邊說這句話，邊大口啃我們的可頌麵包。

要減肥的話，可頌是可以放下啦……

她邊吃邊害羞。「不要這樣看我啦，會不好意思。」然後又害羞的一次大口吃完半個帶火腿的可頌。毫不留情的一大口。

看美美吃東西好療癒喔……

我挽留她。「別走啦，別減肥啦，減肥就吃不到這些好吃的了。」

「為了減肥，為了愛情，就要犧牲。老闆，我會瘦下來的！」

她繼續說：「你看，我只要瘦下來了，代表我的商品很成功，我就能名利雙收！」然後她又沉迷在自己自信聰明的才智上。

她說：「我的身材，是我的武器。」

我說：「渡邊直美很讚啊！」

她擺個自己的 pose。「老闆，我是美美，不是渡邊！」

她紅眼，「不能每次都被人嘲笑。我想胖就胖，我想瘦就瘦！」她很勵志的說這句話，一邊喝著冰可可上面一層鮮奶油加黑糖。

她又說：「真正自信的人並不是認為自己完美，而是接受自己最真實的樣子。」

五分鐘內，她喝完，大喊讚。

她離職創業了，廚房恢復安靜，沒有人播放音樂。廚房開始嚴肅起來，很認真的按照SOP出餐，但真的還是要有美美才好玩。

幾年後的今天，我在FB上看到她。

美美……瘦成了根本就是蘿莉。不可能！

我發訊息給她。「假照片吧！」

「老闆好久不見，還有不准侮辱！」

她再次來了三咖啡，穿得很時尚，緊腰、小臉，根本就像高中生，走著臺步進來。

但，那個行動，就是美美！

她兩腳跨很大步，對著我說：「老闆，驚不驚喜？」

她仰頭三十度角說：「我更美了，進化版的美美……」

誇張……怎麼可以自信到這個極致？

我說：「三小，你怎麼回事瘦成這樣？」

她說：「呵呵呵，老闆，這就是有自信女人的結果，說到做到。」

然後說著說著，她就點了冰可可上面一層鮮奶油加黑糖。

她根本不怕胖。

她說她創業的時候還滿辛苦的，而且家人不支持，遇到很多挫折。

她提到被家人誤會也沒關係，「我會繼續努力，想讓家人有好日子過。」她，很孝順。

她繼續興奮說著：「你知道做自己有多難嗎？雖然外面社會鼓勵你做自己，但還是會被批評！」

我問那該怎麼辦……

「就罵回去啊！那就是你真實的自己啊！」

而且她提到她不喜歡那種用另類表情看她的朋友及粉絲。

我說：「呃……那不就包括我嗎？」

「對啊，就看不爽你這樣子說我胖好看。」

啊，果然不是員工之後，原形露出來了。

「當然我減肥後臉變小，胸部也小了，但至少有男人了，讚啦。」

接著又說：「跟你說喔，我的性幻想對象是陳冠霖啊啊啊啊！」

啊，果然不是員工之後，真的黃起來了。

「老闆，你未來有什麼不愉快，我罩你。」

我的天啊，這自信好man！

她接受真實的自己，很美。

我問她，這些可以寫在書裡面嗎？

她擺了一個pose說：「當然可以，我可是美美張榮軒，老闆你不用匿名，直接寫出來吧！」

這就是自信女人所選擇的路。

然後她喝完那超大杯奶茶，大喊很爽。

04 勇氣過頭咖啡

一位女客人，有點高，大約一百七十二公分，大致上過度瘦弱，戴著厚框眼鏡，直接進來店裡。她有跟我約要碰面，來的時候手上拿著大師兄的《孝子》。

她說想要點我的手沖咖啡，她急需勇氣。

一進來就需要勇氣的人，代表一般方法她都嘗試過，而且失敗了。這次，她只能靠偏方……

我見到她本人時滿訝異的，長得高的女生一般都會有股莫名的自信，結果她沒有。

我拿出曼特寧，感覺這女孩壓力特別大，那……好吧，我多加一倍咖啡豆量好了。多一倍咖啡，就多一倍勇氣。

我開始手沖，熱水八十八度，悶十秒左右，注水，簡單的意念灌入咖啡中。三百毫升到，香氣出來，準備就緒。溫杯。好囉。

喝手沖的勇氣咖啡，如同吹蠟燭一樣，必須快，要在咖啡冷掉之前做一個簡單的儀式。

我說：「在喝這種咖啡之前，要先把你即將面對的困難說出來，可以嗎？」

她點頭說可以，然後說：「我希望可以去整形，讓自己變漂亮。」她先喝了第一杯。

蛤？

想要變漂亮的女孩很多，背後無奈的原因更多。我不好意思追問，就幫她倒咖啡，讓她自己慢慢說。

但並沒有，她還是那句話，要整形，然後第二杯。

全部的意念和意志都依託在整形嗎？

我說：「嗯，我以前嘴巴尖尖的，像小叮噹裡面的阿福。」

「小叮噹是指哆啦A夢嗎？」

「對，是哆啦A夢，那個機器貓旁邊會欺負人的阿福，現在叫做小夫。」我繼續，「我也是弄了牙套將牙齒拉進去後，就變好看了。這應該算是一種整形。好看了，機會變很多。」

她激動。「對！就是這個！」

「我弄牙套痛了很久，快四年，很多東西都不能吃，但是結束後，發現人生不一樣，大家對我的態度都有點不同……」

她繼續聽，我不知道她注重愛情還是職場，可是不得不說，在這麼膚淺的社會，整形真的很有用。

我們正處於一杯咖啡也需要行銷才會被注意到的社會。好看，是不可摧毀的現實。

她說：「我整形的理由，是希望我爸爸可以更愛我一點……」然後她喝了第三杯。

蛤？

理由我不敢問，只能繼續倒咖啡，但還是沒辦法，天下哪有不愛自己子女的爸爸？我問了。

她悶著臉，「我們家有三姐妹，爸爸說不偏心其實是騙人的……我是不被注意到的女兒。」

然後第四杯。「我希望，爸爸可以多注意我一點，不是只專注在姐姐身上……姐姐很漂亮、很聰明，也很厲害……」

整形可以解決嗎？我不知道。也許吧。

我笑。「我以為是為了愛情或職場而去整形，爭奪父親的愛還是第一次聽到。」

「你們可能無法理解那種子女不被愛的受忽略感，很失落。不管怎麼努力，不管怎麼陪伴，他的腦海，永遠只有最好的那個孩子……」

是渴望被疼愛啊……

我問：「有勇氣了嗎？」

「沒有……還是不敢做手術……」

「你害怕的，會不會是即使做了手術，變漂亮了，你爸爸還是不在乎你？」
她泛淚。「對！爸爸就只在乎姐姐。」眼淚掉了下來，她拿下厚框眼鏡，欸，是美女耶……
很多事情需要勇氣沒錯，但勇氣也需要正確的方向。
我說：「那……你要不要直接跟你爸爸面對面談談。講開來也很需要勇氣。」
她望著我，「可以嗎？」
我說：「你直接當面問他，為什麼這麼愛姐姐卻不在乎你？而且一旦你知道了答案，就別糾結了直接往前走……」
她低頭。我繼續說：「如果連你都不愛自己，那誰還會勇敢愛你？」
「對……」
我說：「到時候你知道答案了，就直接去整形如何？」
「好。」然後她喝下最後一杯。
她笑笑說：「好像還是沒有勇氣，但知道要做什麼了。」
我說：「勇氣帶來自信，多愛自己一點。」

幾個禮拜後，她進來，沒戴眼鏡。其實我不認得她，後來她跟我說話，加上這身高我才認得。

我說：「你變得……好漂亮……」

她的打扮是文青風格，很突顯身材，而且笑得很自然。

我問：「你……整形了嗎？」因為整體氣質真的不一樣了。

她手插腰。「真沒禮貌，我是自然的，上下都沒動過。我戴了隱形眼鏡好不好？」

然後她看我一下，「嘖！」

欸……我說：「你的個性，是不是有點不一樣？」

她不耐煩。「你是說我個性直接嗎？這才是真實的我啊……」

我問她過得好不好？她爸爸如何？

她說：「我後來直接問我爸了，他有道歉，然後我直接搬出家裡不理他。我為什麼要這樣被原生家庭綁住？老闆，你那杯咖啡真的是勇氣咖啡，讓我有勇氣離開了。」

欸？這個勇氣的方向也太正確了吧……

最初是要有勇氣整形，後來是有勇氣面對，現在則是直接有勇氣離開，有點太帥氣了。

我誇獎。「喔，你真的很勇敢，而且發出光芒變漂亮耶，跟幾個禮拜前的你很不一樣……」

她沒回應我的誇獎，坐下來點了一杯美式咖啡，然後說：「我現在想要找對象，但是身高那麼高，起碼也要找個一百八十公分的男朋友，對吧？」

我哈哈笑。「對，你說得沒錯，我還差了好幾公分……」嗯……我還是離遠一點好了。

至少她已經變得不一樣，雖然傲慢，但只要有自信就好。

我是不是不該販售勇氣咖啡？啊，對了，或許是我當時用量加倍，所以變成勇氣過頭的咖啡。

她說要看書，我就退下。她從背包拿出一本書，書名寫著《沒有公主命，就不要有公主病》。等一下，這世上怎麼會出這種書？勇氣過頭的咖啡，再配上這本書。

我不懂這個世界怎麼了。是勇氣咖啡讓她有公主命，還是讓她有了公主病？答案我不知道。

但是當我再看向她的時候，她回了一句：「老闆，你是好人，但你不是我的菜。」

05 幸運冰拿鐵

幾年前，三咖啡還是早上九點開門。有一天，門口停了一輛車，一位滿臉疲倦的先生，身上是皺皺的西裝、凌亂的頭髮，走出車門。

他點了一杯熱美式咖啡。

我也疲倦的說：「一百二十元。」實在太早了，還是覺得很累。

他付錢，點頭，沒說謝謝。

他看起來很累，紅著眼睛。而我，就慢慢的製作咖啡。我心想，不知道為何，好不容易自己創業，到最後還是要自己開門。

門口的位置，其實不能停車，會被拖吊走，尤其是上午的時間。我提醒他一下，他疲倦的回應點頭。

他就改換去坐一個靠窗的位置，看著他的車，並喝著他的咖啡。那個位置，背對著我。

一大早沒什麼客人，客人都被那些大品牌咖啡店搶走了。所以就我跟他兩人在店裡，我照往常那樣看著我的書，他就在那邊坐著。

電話響起，他的表情彷彿一位嬰兒被震驚，看著自己的手機呆住。響到第四聲，他接起來。

他的表情、聲音都變了，很有精神的說起工作的事。說了什麼我也沒在聽。

他的手機剛剛響起時，我也順便看看自己的手機，是早上九點半，然後我繼續看書。

咖啡店老闆這麼廢，這樣好嗎？

他講完電話，大喘氣。他拿起了紙巾，擤鼻涕，接著滿臉紅通的離開咖啡店。

我沒看到他的臉，他始終背對著我。

他回到車上，我很自然的收拾桌子，發現他有一袋東西遺留在座位上。我拿著袋子走到客人的車子旁，卻發現他在車上抱頭大哭。

那個畫面，我動彈不得……

我只好，回到咖啡店，等他……

成年人的哭泣，只有成年人知道。

我毫無情緒的拿著書，繼續往下看。

我什麼時候也變得這麼冷漠，不像以前自己。

滿討厭這樣的自己。成年人的冷漠。

聽到進門的聲音，我抬頭，還是那位客人。

我說：「你的東西忘了……」

他點頭。

然後我繼續說：「你還有冰拿鐵沒拿走。」

他愣住。「我沒有點冰拿鐵。」

「喔，我每次都會多做一杯，給第一位進來的幸運客人。」其實我就是隨便找個理由送給他而已。

我把冰拿鐵放在他面前。「你就收下吧。」

他看著這杯咖啡愣住。愣住的時間有點久，一分鐘。那一分鐘不知道在他腦海裡跑馬過什麼內容。

他說了聲謝謝，紅著眼，然後拿了冰拿鐵到車上。

天氣有點冷，真搞不清為何我做了冰拿鐵。畢竟他剛哭完，真的會很熱很熱，還是喝點冰的降溫比較好。

嗯，這位先生，這是我最多能幫你的。

過了幾年，發生了疫情。疫情之後，三咖啡存活下來，我如往常般開了店，連續幾天沒客人，正想說關門大吉好了。

老闆這麼廢，這樣好嗎？

這時一位客人進來，就在疫情這麼危險的期間，真是難得。

天氣很冷。他一個人要喝熱美式，還要冰拿鐵。

這是什麼奇怪組合？

我注意到，是那位哭到崩潰的先生，他再次來了，離上次已經過了快三年。

他沒有黑眼圈，很有精神的看著我。

他說：「真厲害，沒有倒……」

沒禮貌。

我說：「三年前，你還不是在車上哭成什麼樣子。」

他大驚……

他說：「所以那個冰拿鐵，就是……」

「喔，要安慰你，所以找個理由送你而已。」

他笑。「我猜也是……」

他接著說：「三咖啡別關可以嗎？」

我回：「看心情，本來就想要開到第十年而已。」接著說：「這是一間有壽命的咖啡廳。」

他點頭笑笑，沒再多問。他沒說自己的事情，我也沒有追問。

這是一個成年人的空間感。

他坐下來喝咖啡，坐在可以看到車子的位置喝著熱美式，彷彿回到三年前的場景。

我說：「先生，你知道，現在疫情期間不能內用，只能外帶。」

「讓我待一下吧……拜託。」

「好吧。」

然後我把鐵門拉下來，關一半，顯示不營業。

他笑笑說謝謝，說這樣好周到。

我說：「反正也不會有別的客人。」

電話響起，這次他很自然，不慌不忙的接起來。

他聽的時候皺眉頭，但還是很認真的嗯嗯幾聲，過了一段時間，他說：「你說完了嗎？」

然後他就直接罵了三字經國罵，罵得很大聲、很兇狠的那種，接著掛掉電話，邊掛還邊繼續罵。

我沒辦法控制自己，就大笑了。
他也跟著笑，說好爽。
熱美式喝完，他開始喝冰拿鐵。
他說：「不好意思，現在才喝冰拿鐵。」
「沒關係，沒有客人。」
他開始說：「你那時候的冰拿鐵，讓我覺得，我還是幸運的……」
他繼續，「我其實沒有喝，就放了快一個禮拜，後來還有再來三咖啡，顧店的不是你，是你的員工，我問了幸運咖啡的事。他們說沒有這種送客人的規定，我就知道應該是你專門送給我的。」
他點頭說：「謝謝你。」
「喔，舉手之勞而已……誰都有不如意的時候。」
他後來跟我說了理由，但內容太細節我就不方便寫出來。
他說：「本來想要尋死的，後來還是決定繼續工作撐下去，還真的成功了。」
現在反而換我不知所措，沒想到我有幫助到這位先生。

他說：「我在新聞上看到餐飲業、咖啡廳一間一間倒，很擔心，就衝過來了。你知道嗎？我住屏東……」

他笑笑的把冰拿鐵喝完，紅著眼說：「太好了，喝到了……」

這是救到他性命的拿鐵……

他說：「好了，那我該回屏東了。」

「什麼？你就這樣專程上來嗎？」

「是啊，看你沒事就好了。可能等你關店，我會再來一次……」

我回：「好的喔，到時候見……」

然後他開車離開了。

誰會知道一杯拿鐵可以這樣，多個彷彿認識好久的朋友。

我的內心萌出了人生意義，所以即便疫情就還是繼續開下去吧。

希望繼續開下去，可以遇到更多像朋友般的客人。

新聞廣播：「疫情期間，兩成四的餐飲店家陸陸續續倒閉……」這代表有更多老闆處於更危險的狀況。

謝謝客人，有你這樣，至少讓我們有更多勇氣面對。到了今天，度過疫情來到不用戴口罩的現在，還寫了不少廢文，生意真的很好。

員工說：「快點出餐啊，老闆！」

「我是老闆為什麼要這麼累啊啊啊？」

我不會再早上九點開門了。為了睡眠品質，我還是決定十一點半開門。謝謝各位。

06 加糖

一個週末好天氣的日子，一位爸爸推開門，嘻皮笑臉的。

「來到三咖啡了！」跟在他後面的是一位小學六年級的弟弟，滿臉嫌棄，他們倆有很大的情緒反差。因為都穿一樣的外套，是父子。

今天是週六下午，寶可夢卡牌日。各式各樣的小朋友來，父母也會來，是那種可以把孩子安心放置在二樓，然後人在一樓悠閒的地點。

這裡比安親班優惠，還有咖啡可以喝。

弟弟自行找個位置坐下，很刻意不回頭的不理他爸，這位爸爸就笑笑，沒感覺到異常，直接到前臺點杯冰拿鐵，幫小孩點了巧克力牛奶。

我說：「我們的巧克力是進口的，帶點微苦，可以接受嗎？」

爸爸說：「當然好啊！熱的，熱的。」

弟弟大聲說：「我要冰的！」

爸爸改口笑笑說：「好，冰的冰的。」

弟弟憤怒，如獸一般狂野。我超想拿棍子叫他對爸爸有禮貌點，但這爸爸的脾氣真的很好。

再半小時，比賽就要開始，爸爸提醒小男孩，要準備比賽喔。

他說：「可以多交點朋友，我們已經把火屬性弄得很強了！」

弟弟說：「不想跟小朋友玩，無聊！」

你是說，你想要跟那些花十萬元不眨眼的大人PK嗎？小心會死得很慘……

弟弟說：「我為什麼要交朋友？」

這個問句，是一種叛逆的前期，不是問號，更是那種要身為父親的他應該了解狀況。

爸爸摸著自己的頭說：「呃……為什麼啊……」他可能正在思考怎

麼教導孩子為人處事的重要性。

爸爸試圖討好，而小孩就在賭氣。

這年頭，當好爸爸很難，當好爸爸可能還會被看不起。

好爸爸說：「交朋友可以發生很有趣的事情啊，人生的道路很需要朋友。」

他努力解釋了，但是對一個還不到國中的小朋友來說，沒用。

小孩滿臉嫌惡。「這個給小朋友玩的遊戲，有什麼好玩的？」

小孩邊說邊打開手機裡的抖音，開始看跳舞。

現在的孩子玩的已經不一樣了。爸爸的童年與孩子的童年，在不同的平行線上。

弟弟說：「媽媽又不在。」然後繼續刷抖音。

爸爸的笑容停止，慢慢垮下。我剛剛上的冰拿鐵和冰巧克力在他們的面前……啊，天氣好冷啊。父子關係好冰好冰啊。

爸爸趕快喝一口冰拿鐵，用杯緣喝，奶泡沾到嘴巴上，想要試圖轉移話題。

弟弟說：「幼稚……」

然後弟弟也小心翼翼的喝起冰巧克力，說：「好苦喔！不喜歡喝苦的！」後面還加了一句：「媽媽在的話才不會點這個給我喝……」

這句話，是故意帶刺的攻擊爸爸。

爸爸嘴上帶著奶泡。「沒關係的，我可以當媽媽，這樣你就不用難過喔。」

弟弟發飆。「你才不是媽媽！」

聲音雖然很大，但店裡這時還有其他小朋友更大聲，只有少許人注意到他們。

爸爸低頭。「我努力了……」安靜喝著拿鐵。

離比賽開始還有二十分鐘。

雖然店裡很多家長和小朋友，但我還是注意著那對父子。

不知道發生了什麼事，也許是單親家庭；若真是如此，那對爸爸和小朋友的殺傷力還是很大。我還是做點什麼吧。我真是雞婆。

我上前。「那個……冰巧克力要不要多加點糖呢？」

弟弟聽見，雙手碰觸冰巧克力，然後說：「可以嗎？」

我笑著說：「可以啊！」我繼續說：「爸爸的冰拿鐵要不要也加糖看看？」

「冰拿鐵加糖？」

我笑笑的點頭，他說好吧。

我拿回去，幫爸爸的冰拿鐵加點蜂蜜，簡單攪拌即可。弟弟的巧克力先加熱再加點焦糖，這樣比較好融化，最後丟冰塊冰鎮。

嗯，加一些鮮奶油，這樣弟弟心情會好一點。

重新上飲料，其實整杯變得不一樣。弟弟的臉上帶著陽光，喝了一口大喊好好喝喔。

這爸爸也喝了一口，笑笑說加了蜂蜜不太習慣。

我說：「對我們大人來說，也許不苦，但是對小朋友來說，那是他人生第一次的苦，所以加點糖會讓心情更好……」

這爸爸沉默了一下，他聽得懂我的意思，不好意思的說聲謝謝。

「巧克力對小孩子來說，可能真的太苦了……」

我笑。「不用客氣，吃糖的孩子嘴巴會變甜喔。」

離比賽還有十分鐘。

這爸爸說：「對不起，是不是很苦？」

弟弟回：「沒關係，加糖就好了。」

「對不起，我盡量每件事情加點糖可以嗎？」

弟弟說：「媽媽不會回來了，對不對？」

「媽媽也很苦……」

弟弟說：「那你可以加點糖在媽媽身上嗎？」

好簡單的一句話……給爸爸一個當頭棒喝。

「爸爸我也很苦……」

「爸爸，你會幫自己加糖，但是媽媽不會加糖，媽媽只會幫我們加糖。你如果不會幫媽媽加糖的話，她會一直苦下去的……」

爸爸愣住……

弟弟紅著眼睛，「爸爸，給媽媽加糖好不好？我會努力幫你加糖，你給媽媽加糖好不好？」

真的是很簡單的道理。生活很苦，但一家人就是要一起互相加糖，這就是一家人。

我的老天爺啊，這玩抖音的小六生有點不得了……

「一言為定喔！」弟弟瞬間喝完，精神百倍，他說：「我有贏的感覺，爸爸快報名報名……」

爸爸停住。「嗯，那我叫媽媽來……」

弟弟皺眉頭說：「爸，你是男人，你就道個歉，還有，你的家事做得很爛耶。」

爸爸聽到兒子有關注到他的苦心，表情複雜，但是內心暖暖，笑了一下。

弟弟直接拿了卡牌，上二樓，留下了爸爸。

離比賽還有三分鐘，他打了電話：「喂，是我……」

他安靜的聽，然後繼續說：「孩子他長大了，變小大人了，要不要看他的比賽？」

他講電話的表情苦悶苦悶的，估計是被罵了，繼續說：「好，那晚上一起吃飯……」

他掛了電話，笑一笑，泛淚了。

他說：「好苦喔……真的好苦……」

爸爸就上去了，他不想錯過兒子的比賽。他拿著沒喝完的拿鐵，用力吸完，然後表情豐富的說：「好甜。」

員工問我：「老闆，你加了多少蜂蜜？」

「十毫升而已啊……」

「可能有些人不習慣那麼甜。」

「糖，就跟幸福一樣，當你習慣吃得越來越甜，你的周圍，也會越來越甜。」

07 美魔女姐姐

一位壯碩的男子準備推門進來。

我說：「這位男客人，看身材……應該會點冰拿鐵。」

男員工說：「應該會點曼特寧。」

壯碩的男子進來後看了菜單及飲料單，點了曼特寧。

「噴！」我忍不住發出聲音。

男客人：「嗯？」

男員工雀躍去手沖。「曼特寧等一下就到！」

四分鐘後送上，很迅速。

是的，這是在咖啡店工作久了很無聊的小遊戲，我們稱為「以貌取人」，往往很精準。你點什麼，也代表你是什麼樣的人。

一位穿高跟鞋的紅衣美女準備進來。

我說：「熱卡布！」

男員工說：「玫瑰奶茶！」

絕對是熱卡布。天氣這麼冷，穿那麼少，這種要襯托出氣質的完美身形，非卡布莫屬。而且加點肉桂粉啊！一定要肉桂！

她站在櫃檯，拿著飲料單，密密麻麻的字，讓她拿出眼鏡來看，還嘆口氣。

呃，有那麼複雜嗎？

她看的時候詢問：「請問有什麼推薦的嗎？」

我回：「熱卡布！」

男員工回：「玫瑰奶茶！」

女客人：「？」

我要贏……

女客人說：「那……冰玫瑰奶茶好了，謝謝！」她在找位置坐。

我呃了一下，很不痛快。

我說：「喂，你要說出飲料是冰的還是熱的才算贏好不好？」

男員工邪笑，「這也算是贏一半啊！」

然後他屁顛屁顛的去做了玫瑰奶茶，很是興奮。

女客人找到位置走過去。有臺風的步伐，彷彿是模特兒。其實很少有人穿高跟鞋來三咖啡，而且紅色代表熱情與征服慾，不可能是單純來喝咖啡而已。

莫非是釣男人？不至於吧。大白天下午兩點，本店又不是酒吧。

但她，不知是何等魅力，抓住了在場幾位客人的注意力。

剛進來那位壯碩的男人注意到這女性的存在，他時不時盯著那美女的美腿。你這變態！

呃，但她腿真的好白、很修長、很美。

男的走上前，直接找她搭話。她笑一笑，說已經結婚了。男的笑笑說無所謂，可以加個LINE。女的說有約人了，果斷的拒絕。男的「嘖」一聲，打消念頭坐回去。

男員工剛好送上冰玫瑰奶茶。他也注意到她的腿，愣住近兩秒。兩秒很長，拜託你快點離開，別那麼丟臉。

員工跑回來，聲量沒控制好的對我說：「老闆你看她的腿！」

我崩潰。「啊啊啊啊啊啊，你安靜點！」

女生咳了兩聲，表示沒禮貌，我點頭表示不好意思。

其實，稍微注意一下會發現，她的腿、她的外形都十足不自然。是整形美魔女？

一位嬌小的妹妹，大約十八歲，走了進來。

我說：「草莓牛奶。」

男員工說：「冰拿鐵。」

她點了冰拿鐵！嘖！

男員工歡樂的左右搖擺，屁顛屁顛的做了。那妹妹直接坐在紅衣女的位置旁，十分親密的喊姐姐，然後開心聊天。

我上了冰拿鐵，她喝一口，說這是拿鐵應該有的滋味。然後妹妹就開始對女人聊她的感情故事，看來是想透過學姐了解如何征服男人。

學姐用很沉穩又優雅的手勢，解釋男人都是下半身思考的動物。這讓剛剛本來站起來又要搭訕的壯碩男「呃」的一聲回到座位上。

她背後是有眼睛嗎？在下佩服。

她優雅的說：「主動，才是關鍵點，我來示範。」

她拿著玫瑰奶茶，如同拿著紅酒杯般，走去那位壯碩男的位置優雅坐下，接著拿出金色手機，跟他要了 LINE。

我整個人愣住。她在幹嘛？

而學妹就眼睛發光的看著整個過程。

壯碩男很興奮的拿出手機，一掃就加好 LINE。他的微笑幅度很大，彷彿露出了野狼般的勝利笑容，只差沒有尖牙。羊入虎口啊！

奇怪，這明明是酒吧的情節，怎麼出現在白天的咖啡店？

美魔女姐姐笑笑，說等等再聊，然後走回座位。妹妹大興奮，問是怎麼做到的，讓男人馬上就可以加LINE。

姐姐用一根手指比著說：「噓，這就是成年人的魅力。」

這不只是一般的魅力，這種主動行為，讓她的魅力更上一層樓。本人已經開始完全對她發出來自內心的祝福與尊重，而且，確實讓人興奮不已。

她的玫瑰奶茶喝到剩半杯，持續跟妹妹聊。壯碩男的曼特寧早就喝完了，正在等美女。

姐姐覺得差不多了，站起來，對男生揮揮手，然後男的立刻跟上，兩位一起離開咖啡店。

呃，這個情節，應該發生在成年人才會去的地方，真沒想到咖啡店也有這種搭訕術。女追男，隔層紗？

妹妹就坐在那邊喝完她的冰拿鐵，看著手機，望著我，指著空杯。沒問題，我就過去收了一下杯子。

我忍不住，收不住我的好奇心，問：「那位紅衣姐姐就這樣跟陌生男子離開了嗎？」

妹妹笑笑說：「沒事啦，那是我阿嬤。她都這樣，估計那男的很快就離開了。」

欸！！！！！

妹妹繼續說：「老闆，我可以跟你要 LINE 嗎？」

這句話十足的很意外！呃，有點被驚豔到，內心有點跳動快速。

我說：「OK 啊。」掃了 QR code，加了 LINE，確定是本人的照片，哎呀，真是不好意思。

妹妹很開心的離開了，對我揮揮手，說下次見喔。

我笑笑的揮揮手。

男員工看著我。「老闆，你跟她加了 LINE 嗎？」

我說：「是啊！羨慕嗎？」

男員工尷尬笑笑。「沒有，沒有……」

就在我很疑惑他要說什麼的時候，我說：「我還是決定把 LINE 刪掉好了，這樣的關係有點不太好。」

男員工雀躍笑了一下，真不知道在興奮什麼。

男員工說：「老闆英明，你果然發現了！」

發現什麼？

這麼可愛的姐姐，怎麼可能是阿嬤？

話說，這麼可愛的妹妹，那喉嚨，應該不是喉結吧……

08 玩具市集

三咖啡很久前辦過玩具市集，在疫情前，買氣很旺。早期很多人將自己設計或收藏的拿出來賣，或者是有廠商直接進貨跟賣。

剛一開店就來了不少朝聖的人，不是為了本店，他們是真心為了他們喜歡的賣家。

週日那天一早開，人都排到快到南京建國路口了。我彷彿看到九〇年代的光華商場。客人的年紀大多和我差不多。

熱愛就是熱愛，沒有理由。

擺攤的大多是有朝氣的年輕人，或者是穿全身黑有刺青的帥哥們來開張。刺青師賣起玩具，有點違和感。

其中有一位長頭髮先生，帶點鬍渣，背著一歲的小孩，身穿白T，拖著行李來開張。他讓我印象深刻。

「請問有熱水嗎？想要泡奶粉給寶寶。」我裝了一壺給這位先生。細看他應該和我差不多大，戴著厚框眼鏡，抱著還睡覺的小朋友。

我說：「好辛苦喔……」

他熟練的沖奶粉，試了水溫，是寶寶可接受的溫度，然後餵寶寶。

「是啊，大家都很熱愛玩具，我老婆也喜歡。但老婆要工作，所以我來照顧。」他笑笑，發出聖光，慢慢餵寶寶。

但你這種玩具很難賣得好吧？

他苦笑。「如果賣不好，就得放棄夢想回去工作了……」

這位先生真不容易……

來了兩位女大學生，看著正在喝奶的寶寶大喊好可愛，直接伸手去摸，後來這位爸爸一臉害羞的讓學生和寶寶接觸。

她們也很主動的跟爸爸聊天，才知道她們要一起買禮物給男朋友。

還滿有愛的。

原來可以這樣泡妞？

爸爸餵飽了寶寶，就跟女大學生們一同上樓。好，我也上去看看。人潮擠得不可思議，沒想到有這麼多熱愛玩具的朋友們。攤位上擺出各式各樣的玩具，都是很熟悉的ＩＰ，競爭很激烈。

我瞧了一下爸爸，他的玩具比較另類。活動過了一半，其他人的攤位貌似賣出一半，甚至有人賣完了，但這位爸爸還在繼續叫賣。

爸爸露出有點緊張的面容。

我也是。

我看到了女大學生也同樣關注那位爸爸，沒辦法，愛莫難助。

玩具市集快到結束，人潮慢慢變少。我再巡邏一下，哎呀，周圍的攤位都快賣完了，但只有這位爸爸沒賣完。

爸爸加油喔。你的寶寶也很努力呢。

不知道為何，忽然湧進好多穿很辣的妹妹，陸陸續續上來二樓。我好奇去看一下。

妹妹們都排隊買那位爸爸攤位的玩具，不斷誇寶寶很可愛。爸爸邊介紹邊笑得合不攏嘴。短短二十分鐘，他賣出八成。

嗯！是那女大學生！一定是她！回頭看，她不見了。太戲劇化了點。有那麼多女生買禮物給男友嗎？

擺攤結束後，大家慢慢收拾，垃圾都有收好，很整齊。這爸爸下樓要熱水再泡奶粉，一樣很熟練的技巧，測水溫，然後再餵。寶寶一直很乖，都沒有哭。

爸爸疑惑的說：「奇怪，他都沒什麼哭，反而笑得很開心？是怎麼回事呢？」

如果我是那位寶寶，被那麼多美女這樣包圍還抱抱，當然會興奮幸福死了。

我說：「他也很努力的陪爸爸，這樣能讓你專心賺錢吧。」

他笑笑，然後開始餵奶，寶寶喝奶時特別大聲。爸爸有點尷尬笑。

這爸爸說：「啊，餓壞了，但也沒哭，你～好～乖～喔～」

我笑笑。「這小弟弟應該是看到很多漂亮姐姐很開心吧！」

爸爸大笑。

我繼續說：「寶寶真的很可愛，未來一定是大帥哥，會吸引很多漂亮妹妹喔！」

爸爸笑笑，我也笑笑。

爸爸說：「她是妹妹。」

（那你故意給他穿藍色衣服幹嘛？）

過了三年，三咖啡後來都沒有舉辦過玩具市集，玩具市集已經不斷升級到更大的舞臺上發展了。

那位爸爸進來三咖啡，帶了一位可愛的小女孩。

長頭髮的他，現在修成短髮，但我記得他，旁邊跟著羞羞的小女孩已經四歲了。

爸爸點了熱拿鐵，女兒點杯牛奶。

爸爸說：「來，叫叔叔。」
妹妹躲起來小聲說：「叔叔好……」
我皺眉頭，叫哥哥。
妹妹害羞說：「哥哥好……」
對！真的是天使！怎麼可以這麼天使般乖巧可愛？
爸爸說：「喂！」
他們找地方坐下來，他對我說他放棄夢想擺攤了，累了，現在就是全職主夫照顧小女兒。
老婆不斷升職，薪水越來越高，他就做好照顧女兒的本分。
我問：「真的不再追逐夢想了嗎？」
爸爸說：「我的女兒是我的一切。」
女兒喝著牛奶，杯子放下，說了一句讓我忘不了的話：「爸比，請不要拿我當藉口。」
不是吧，才四歲，竟然會說這種話。
她繼續說：「我最愛爸比，爸比不需要為了我放棄喜歡的事情，我可以照顧自己。」

女孩繼續喝牛奶，一副小大人的姿態讓我有一種想當爸爸的感動，一種死而無憾的感覺。

這爸爸繼續喝熱拿鐵，然後說想要看一下二樓，二樓就是原來玩具市集的場景。

二樓空曠，沒什麼東西，他就笑笑的指出那個他擺攤的位置，說當時大家都賣出自己的玩具，結果自己沒賣出多少。

他又一口拿鐵，回憶那時玩具市集不可思議的盛況。

我說：「感謝女大學生們……」

他也說：「感謝女大學生們……」

我說：「感謝你家的女兒帶財啊。」

他回：「哈哈哈，對對！」

女兒說：「所以爸爸真的就不擺攤了嗎？」

他說：「嗯，爸爸累了。」

可以理解那種剛開始時衝勁很大，然後隨著結婚、年齡增長，而動力慢慢的變少、消失。

女兒提出說想要跟爸爸一起擺攤，她想體驗當時的感覺。

這句話，再次深深打動了爸爸的創業魂。

爸爸說：「再一次嗎？」

女兒說：「再一次！再一次！再一次！」她興奮的說要跟爸爸一起買東西、一起賣東西，要一起到不同的地方擺攤。

爸爸紅眼了一下，笑笑說回去跟媽媽說。

女兒說：「再一次！一定可以！再一次！」

爸爸與女兒的對話中，女兒不斷用自己的力量救贖著已經放棄的爸爸。這四歲女兒根本就是個轉世貴人。好想要這款女兒。

她繼續說：「爸比，能照顧我是你的福氣，我就是你的前世情人。」

09 阿姨們的午茶

三年前，有一位阿姨來三咖啡，提著黑色 Prada 包包，然後很高興的跟我說，這是她住在美國的兒子送給她的聖誕節禮物。

阿姨說：「Prada from USA.」

我說：「阿姨，好久不見，聖誕節快樂！包包很好看呢，是黑色 Galleria！」

阿姨笑笑說：「是啊，你真識貨！偶跟你說喔！偶大兒子提前放假了！他要來臺北，偶等好久了！」

她說她兒子要回來臺灣休息一週。她期待很久，畢竟兒子都在加州發展。她兒子四年沒回臺灣了，都是她飛過去。

她笑咪咪的找一個位置坐，等朋友。看她那個表情，就知道是要炫耀，有一個令人驕傲的孩子真好。

我上了熱拿鐵，拉花圖案是葉子。她很喜歡。

她朋友穿了全紅帶綠進門，說聖誕節到了，要杯卡布其諾。

我上了簡單的卡布。上咖啡時聽到兩位阿姨互相炫耀自己的兒子。Prada阿姨的兒子念哈佛。紅阿姨的兒子是賓大。都是高不可攀的存在。

呃……我看到八點檔了嗎？

Prada阿姨說：「呵呵，天氣太冷了，還訂了進口棉被，素全套好幾萬的床套，還有偶兒子最愛的羊肉爐！你看，偶兒子送我的。Prada包包！USA！」

它有名字，叫做Prada Galleria Saffiano。

紅阿姨邊喝卡布邊羨慕，說自己兒子在波士頓當住院醫師，根本沒辦法回臺灣，只能自己飛過去。但飛去也沒辦法找兒子，兒子都在醫院工作。美國不過春節，所以只有聖誕節可以回來。Resident 住院醫師第二年很辛苦，很可憐……

兩位阿姨雖然聊得很愉快，但攀比味道很重，感受很孤單。畢竟臺北的冬天，很溼冷。

氣氛瞬間嚴肅起來。

紅阿姨笑說：「如果我腦中風了，是不是我醫生兒子不會知道……」

Prada 阿姨沉默，她有想過同樣狀況。

紅阿姨說：「假設你住院了，會讓你兒子知道嗎？」

Prada 阿姨搖頭表示不會。

紅阿姨邊喝咖啡邊說：「我也是……」

兩位苦笑著說，好不容易培養出的精英，最後都不在臺灣發展。

我覺得三立編劇可以來這裡取材。

電話一響，Prada 阿姨笑笑說：「應該是兒子打電話來，現在加州晚上十點多，他都這個時間來電話。哦呵呵呵……」
她接了電話。「欸？……工作沒辦法回來嗎？」阿姨表情難過，強擠出笑容，「沒關係的，沒問題沒問題。」
Prada阿姨很失望……紅阿姨也覺得不對。紅阿姨指著自己表示也要講電話，Prada阿姨將電話拿給紅阿姨。
紅阿姨寒暄幾句，後來嚴肅的說：「你媽媽身體非常非常不好……你還是回來看比較好……」
Prada阿姨很驚訝，急忙搶了電話，「媽媽沒事啦，不用啦，你工作要緊……」
沒多久她掛了電話。Prada阿姨喜極而泣，說兒子本來不來，但因為紅阿姨的話，決定回臺灣。
Prada阿姨內心矛盾的笑。「我想要兒子來，又不想耽誤他。」紅阿姨一直狂笑說她自己也會這樣。
紅阿姨繼續笑。「愛家人就是要爭取。」

Prada 阿姨也勉為其難的點頭。「對……對。」

紅阿姨嚴肅的說：「還有，你要去醫院了，不好的東西該切掉就切掉……你兒子應該要知道才行……」

Prada 阿姨泛淚，搖頭說會怕，不敢。

紅阿姨將身子往前傾。「如果換做是我身體不好，麻煩你幫我通知我兒子喔……」

Prada 阿姨點點頭。

這是屬於媽媽與閨蜜之間的祕密。

說真的，兒子不在身邊真的好麻煩喔。阿姨我也不想要努力洗杯子啊啊啊……

快到三點半，我有約就先跟兩位阿姨說聲掰掰。

Prada 阿姨舉起了咖啡杯，喝一口，心情特好的問：「要去哪裡呢？是不是跟小女朋友約會呢？呵呵……」

我笑笑說：「沒什麼，陪媽媽喝下午茶，順便買 Hermes。」

場面瞬間凝結，Prada 阿姨紅著眼睛，放下咖啡杯。

我很清楚我在說什麼，剛剛真的是故意的。

然後阿姨有好一段時間沒來三咖啡。

幾個月後，到了春節期間，阿姨再次進來三咖啡，換了個樸素的包包，說要去住美國一段時間，因為她媳婦剛生產需要幫忙，她升級成阿嬤了。

她從手機找出照片給我看，「可不可愛啊？嗯？嗯？」然後轉圈圈很開心，看著我用很破的英文說：「What about you?」

她是故意的。我死魚眼看著她，阿姨你贏了。

我無語。「抱歉，我沒辦法，我比較慢。」

臺灣真的婚姻很不友善，感情很不友善。

紅阿姨也出現，她還是穿紅色，沒有綠色，說新年快樂。然後說她自己的孩子當醫生沒有傭人幫忙，所以要去照顧他。

她嘆氣說：「這個沒用的兒子，不會打掃整理。」但她嘴角上揚的笑容，很是炫耀。

兩位說都要咖啡，兩位都要拿鐵，兩位都要一樣的拉花。
我說：「拉花要一樣很難做到啊！」
她們說：「一定要，閨蜜就是要喝一樣的！」
我說沒問題，兩杯都是心連心的小愛心。
兩位先喊了一句「cheers」，都喝了一口咖啡，說不知道下次碰面什麼時候，美國很大。
兩位觀察我，然後問我什麼時候會有小孩。
我說：「我是個沒用的兒子，還不敢。」
她說：「長得這麼好看，必須要生一個。」
紅阿姨說：「可以不結婚，但一定要生一個。」
被兩位夾擊的我，不知道該如何反擊。
我開了個玩笑：「也許我有孩子了，只是我自己還不知道而已，誰知道是不是別人正在照顧中？」
兩位阿姨停頓，嘴巴張大大的，她們才開始思考，現在的世代是較開放的時代。

阿姨快速拿起自己孫子剛出生的照片。「你看你看，是不是很像我兒子？」

紅阿姨搖頭。「別緊張，不會的。美國沒那麼開放的，你的孫子要大一點才能像你兒子，現階段看不出來。」

我繼續開玩笑：「國外比較開放哦！」

話一落下，我爸就從後面出現，站著看我說：「兒子，所以我什麼時候能當阿公？」

喂！不要在那邊站著擋別人聊天啊。

阿姨問：「這位是……？」

「我父親……」

然後我爸看著阿姨手中嬰兒照片然後笑一下，說：「好可愛哦，兒子，跟你小時候長得一模一樣。」

兩位阿姨就再也沒來三咖啡了。

10 耶加雪菲

有一位二十九歲的朋友，他對於父親喝酒喝到爛醉、大魚大肉、吸菸、調侃別人很是不悅。他的父親多重投資、多重失敗，所以他不斷試圖的想要改變父親的想法，用批評、辯論的方式。

然後久而久之，可想而知，他跟父親的關係就變差了。

他父親越不聽話，我朋友就崩潰，進入了一個死胡同，焦慮到影響他的生活；焦慮到影響他的工作；焦慮到跟他的鄰居吵；焦慮到跟他女友吵架；焦慮到看到熊小孩就想揍；焦慮到無可救援、無法控制焦慮時就跑來找我。

貧僧已習慣，貧僧喜歡。

他，很自然的就在我面前批評他的父親，說父親的各種不對，好像在他眼中沒有一個好的。

我手沖一壺耶加雪菲，香氣飄逸。他不喝，只喝水。

我說：「其實你尊重他就好了。」

他說：「我希望我父親可以跟你父親一樣，這麼善解人意。」

他喝水，彷彿水裡加了酒精，充滿傷感和恨意。這是累積二十多年的無奈，他只能自己救自己。

我跟他說，我和我父親互動的早期狀況也是如此。我看我爸抽菸，就難受批評幾句；我看我爸喝酒，也難受批評幾句。

我笑著說：「每次看到，每次批評，我根本就是阿修羅道的，因為我不斷認為我爸聽不懂。後來發現是我認知錯誤。其實我爸爸很清楚，甚至是恐慌的。於是我開始調整說法。」

他很是不悅的回：「有用嗎？」

我繼續說：「然後我跟他說：『爸，我就說一次，未來我不說了，吸菸和喝酒對你不好，你知道嗎？』然後我爸點頭說他知道。我知道我清楚的表達了我的意思，之後就會主動買菸給他，也會買酒給他了。」

他說：「為何這樣？你這樣不就是在助長你父親的死亡嗎？」

「也許我們只看重生命的長度，但其實也要關注生命的寬度。」是的，從那一天的那一刻起，當我不再調整我父親的時候，父親和我的關係就變得很好。

我朋友聽完，表情還是一樣沉重，他覺得不可理解。

他說：「我不會像你這樣，我還會繼續做我該做的。」

我說：「嗯！」

耶加雪菲的香氣持續蔓延，我再邀請他喝。

他說問題沒解決他不喝。嘖！小屁孩，沒禮貌！但我尊重你。

也許早期，父母很強勢的調整過我們，所以我們潛意識認為強制性的調整別人很有用。但其實只要「尊重」就夠了。只是這種改變太慢，這種潛移默化太慢，所以沒人看得懂。

哲學家康德說過：「我尊重任何一個獨立的靈魂，雖然有些我並不認可，但我可以盡可能的去理解。」

真正成熟的人，看誰都順眼。

我爸進來店裡。「兒子，我好想你喔……」

我說：「爸，我也是。」然後他就在我朋友面前抱我一下。

老爸喝了點酒，帶點醉意。那滿臉幸福的樣子，讓我朋友很羨慕。

我朋友疑惑的說：「所以你們多久沒見面了？」

我說：「今天早上見過啊，我天天父親節。」

他說他不懂，他不想要。但我看出他很想要。

沒有人不想要一個很幸福的關係。他正在說服自己，他是正確的。

幾個月後，我朋友工作不順，就二度進咖啡廳，負能量全開。

他的狀態是抱怨周圍的環境、周圍的社會、整個政治環境。他的能力是很會抱怨，說出一口很漂亮的抱怨的話。然而一切的一切，他彷彿都沒有責任。

我說：「怎麼滿臉不愉快？這樣運氣會不好哦。」

他說這個世界乾脆毀滅算了。

他再次提到他的工作不順，又提到親人，又講他女朋友。

我忘了我本來是開咖啡店的，但現在更像是情緒抒發達人。

他跟我說，他跟他爸爸斷了父子關係，合夥人不聰明、不聽話，客人不買單，國家要完了。

這是毫無邏輯的順序，再這樣下去，他會極度不受歡迎，但他本人不自知，而且也不在乎。

我沖了一杯耶加雪菲，對他說麻煩你喝下去。

他說：「為什麼？我不想要喝咖啡。」

我說：「如果你想要我聽你說話，麻煩喝下去，謝謝。」

他嘆氣，不知道為何要如此。他喝下咖啡，滿臉不甘心的說，不就是咖啡嗎？還有呢？

我說：「再靜靜的品嘗，你會感受到柑橘味。」

他愣了一下，動作變慢，開始認真聞咖啡，緩下來，確實感受到了柑橘味。我說還有。

他再緩下來，又感受到了花香味，我說還有。

他又感受到輕微的檸檬味，又有一點巧克力。

他動作越來越慢，然後說出了快十幾種不同的味道。

他說：「很好喝。」

我說：「愛也是一樣，你只有細品，才可以品出不同的情感。」

他拿著咖啡，緩慢的在嘴邊游動，他淚水集中在眼眶，紅起來。

他說：「我竟然都沒有發現。」

你不可能發現，因為你只關注你想關注的，沒有注意到周圍對你的美跟好。

我父親再次進來。「兒子，謝謝你幫我把高血壓藥分好。」

我跟我爸再次抱了一下。「要去醫院複診哦，藥要吃完，據說你又亂吃東西了。」我爸皺了眉頭，笑了一下，說聲好然後離開。

他又再次看到了整個畫面，還是原來的那個羨慕。

我說：「我剛剛指正了我爸爸，但他沒有不舒服，應該說是……我爸非常幸福，因為我尊重他。」

我問他：「那剛剛那個畫面，你看到了什麼嗎？」

他說剛剛那個互動，有點在乎，有點互助，有點像朋友，又有點撒嬌，有點被發現小丟臉，有感謝，有尊重，有期待碰面，有約定。

他邊說，眼淚流了下來，繼續喝他的耶加雪菲。他發現有很多沒有跟父親一起做的事情，而他父親現在正在醫院準備腹部腫瘤手術，他卻很生氣的不想去看他。

我說：「去吧。當每天是最後一天看待。」

他起身，離開，說這是一杯很好喝的咖啡，他被救贖到了。

他清楚明白自己要什麼了。

他坐高鐵下臺中，讓父親術後一睜眼就可以看到他在身旁。

可以細品他與父親的關係。

11 自由曼特寧

一位在商會認識的朋友說要創業，提到資金到位了，人脈到位了，就想闖一闖。他人帥、高學歷、早婚、有衝勁，目前還沒有小孩。

我說很好啊，繼續問他是否需要幫忙。

他說沒問題，他先自己準備好。

我大笑說，其實創業真的如同婚姻需要一種衝動，否則不行動就會像我這樣萬年單身。

他跟著笑笑說單身很幸福，不像他已經死棋了。

他繼續研究市場，期待一次性完美。

我說加油，然後一轉身道別就過了五年。

五年後我突然想起這位朋友，聯繫了他。他來三咖啡，還在舊公司工作，從白領底層變成主管。他還不敢創業，仍在原地踏步。

他看了我咖啡店周圍，發現我整個人穩固了，再看看自己，不好意思的說他很羞愧。

五年後的今天，他胸徑變厚實，更沉穩，但頭髮比之前少很多，更加的蒼老。反而我外在沒什麼變，讓他很意外。

他點了曼特寧咖啡，帶有陣陣木炭的香氣和泥土味，加上黑巧克力襯托，令口感更為豐富厚重，適合男人與男人之間的深度對話。

我一邊製作，一邊對他說不用不好意思，其實不用太在意光鮮亮麗名為創業家這個稱號，那並不重要。

他內心還是有想創業的魔咒，可是創業意味著開始承擔所有風險，他又不想。當了老闆就要開始做業務等等自己不喜歡的事情。整體來說，他害怕一切的不確定性。

當然他現在也有一群朋友正鼓吹他創業，他覺得已經準備好了。剛好我聯繫他，他希望我能給他一點開業的意見。

但我決定在聽他的商業計畫之前，先跟他聊一下狀況。

我說：「其實……只要你還在思考決定要不要做一件事情……」我語氣緩慢，「那就代表你不要。」

他疑惑。「抱歉……我不太懂……」

我說：「丟東西也一樣，原則就是，如果你思考重不重要的時候，其實就代表不重要了。可以丟。」

他說：「啊……我懂了，好。」他恍然大悟，臉上出現笑容。

我說：「這就好像婚姻感情一樣。你還在思考要不要在一起，代表其實沒有想要在一起了。」

他驚訝，「欸！」

「所以如果你還在思考要不要創業，這代表你不想創業。有很高機率只是對現在的工作不滿而已，假設你年薪有五百萬，你要創業嗎？」

他說：「肯定不會啊！」

「嗯，但對我們而言，就算年薪很高，我們還是會創業，因為這是我們的本性。」

他愣住了，點頭思考。他如果有年薪五百萬，是否會願意放棄高薪創業？他發自內心的坦誠說他不要。

你要就是要，你還思考就代表不要。

他猶豫了一下，喝一口曼特寧咖啡，草與泥土香氣瀰漫空中，看來想說什麼欲言又止，最後還是說了：「你可以多說有關感情方面嗎？」欸？我們不是討論創業嗎？

我說：「不，繼續說創業。幸好你還沒有創業，讓你省了不少錢，例如疫情，發生個一年，賠了五年。」

疫情真的很可怕，是創業災難，不少經驗高手死在裡面。

我說：「創業真的別隨便碰……」

他說：「你覺得我應該跟我老婆繼續在一起嗎？我們感情不順……」

喔喔，好吧。比起創業，你比較在乎這個？

他喝完了曼特寧。

我再泡了一杯曼特寧手沖咖啡給他，他喝了，覺得好苦。

我說：「這是同一批豆子……方法不一樣而已。」

他說：「可是剛剛的沒那麼苦。」

寓意很簡單，用愛來對待豆子，沖對時間，就會甜；用刻薄來對待豆子，超過時間，就會苦。

他的表情突然凝重，用手背揉了揉臉，說他懂了。

他笑了笑，說知道該怎麼做了。

他問多少錢，我說不用，你知道就好了。

過了一個月，他打電話聯繫我。

我接起來咳嗽兩下，想聽他的好消息，結果他離婚了。

離婚？我問他是怎麼回事？

他說，是他主動提出的，他腦袋清楚了。他其實根本沒有要創業，是老婆嫌他沒出息，所以想創業討一口氣而已。

他說：「謝謝老闆，真的同一批豆子如同人生一樣，沒有了老婆，人生就會變甜……」

我退了兩步，此男人的行為實在是太狠了。

他電話中很沉重的說一句：「我連思考都沒有思考就離婚了……」

他說等等就會到店門口，他還要一杯曼特寧。我說可以。

他人來了，臉上看來更加疲憊，彷彿有吵完架的痕跡。但他緩緩的笑，如同貓咪或孩子般的舒適。沒有說話，就等我冲好曼特寧。

送上他的位置，他放輕鬆，慢慢的品嘗名為自由的滋味。

他說：「……所以老闆，你怎麼還單身？」

「我看開了而已，我想要很自然的過自己的生活。」

每一個決定對我來說，都是最好的決定。尤其是沒他人左右、不受影響的那種。

我說：「難免你的決定會被周圍的人影響，所以你一直不會知道自己要的是什麼，只有當你……」

他笑笑說：「做自己才知道。」

對，當你可以直覺性的為自己的行為負責時，就是開始做自己。

他大笑，完全沒想到這麼簡單；沒想到，他就是被困住的那位。被婚姻捆綁，被工作捆綁，被他人眼光捆綁。

曼特寧的香氣出來，讓他很舒服的享受其中。「我很久沒有這樣放輕鬆了。」

多了一個離婚的稱號，反而讓他比較敢對任何事情說不。

我說：「好了，我放生你，你慢慢享受這個時刻吧。」

他就坐在角落，一個人品著屬於他的曼特寧咖啡，他摸著自己的鬍渣，開始思考人生，並滑著手機看ＦＢ。

他上前，決定去把他的初戀追回來，那才是他想要的幸福。

他問：「老闆，那你的初戀呢？」

我說：「結婚有孩子，死會了。」

他說：「離婚快樂。」

我大笑。「對，離婚才是真幸福快樂。」

他離開店，脫掉了一身虛假，後來他住到澳洲，與他的初戀一起。

12 閨蜜咖啡

濃妝阿姨說：「我們閨蜜的……」

高跟鞋阿姨說：「友情……」

圍巾阿姨說：「是永恆不變的……」

短裙阿姨露出腿說：「嗯哼～」

我說：「好，一、二、三，笑一個！」

手機拍照，真方便。

四位阿姨，正在我三咖啡的蛋糕櫃旁擺出閨蜜陣形。不知道為什麼要選擇我的蛋糕櫃，那個充滿膠帶遺留膠痕的老蛋糕櫃。是為了拍裡面多彩繽紛的蛋糕？

我自嘲：「還是弄一個影片好了，我拍照很醜。」

我拍照是很認真的醜，是一種詛咒。身為拍攝殺手的我，拍十張會有五張眼睛閉起來，但是現場沒員工，我只好親自幫忙拍。

高跟鞋阿姨：「我看一下。欸，怎麼眼睛閉起來了？」

圍巾阿姨：「啊，我眼睛也閉起來了，還有圍巾也沒弄好。」（她是指圍巾上的 Burberry logo 不明顯。）

濃妝阿姨：「嗯，我的很好。」

短裙阿姨：「我的腿不行，給我高腳椅，我花好多錢練了瑜伽。」

然後她們四位沉默了兩秒，盯著手機螢幕等待誰說話。

我笑笑。「好啦，準備拍照，再一次。」

在蛋糕櫃面前，再來一次，這次她們牽手，另一個人手接著空氣。

濃妝阿姨：「我們閨蜜的……」

高跟鞋阿姨：「友情……」

圍巾阿姨：「是永恆不變的……」

短裙阿姨露腿：「嗯哼～」

對準角度，按下快門，完美。

她們坐下，選擇坐在耽美作家旁邊。不知為何，耽美作家露出一臉厭惡。

我們蛋糕櫃一共放了六塊蛋糕，除了抹茶蛋糕，她們全都拿，很有人氣的抹茶蛋糕竟然不拿！不可思議！

生巧克力、紐約奶酪、OREO口味、藍莓及蘋果燒，五種口味的蛋糕擺在她們面前。這些當然不是我們親自做的，而是我們員工精挑細選出來的。

她們開始聊天，就如同少女般大笑，很是開心。

退休後的她們，最愛的就是喝咖啡，聊是非。

從丈夫的不忠，聊到女兒是同志，到小兒子剛結婚媳婦很傲慢。

她們四位的先生，其中有三位不忠。家家各有難念的經。

圍巾阿姨對高跟鞋阿姨說：「就你家那位，說不定只是藏得很好沒被發現。」

高跟鞋阿姨喝了一口咖啡。「可能他喜歡男的……」

三位倒吸一口氣說：「難怪！」「都四十多年了！」「你是怎麼發現的？」

高跟鞋阿姨說：「生活這麼多年，會知道的，各式各樣的……」

她提到了先生睡着時會叫某一個男生的名字。

她花了一段時間才能緩下來，紅著眼說：「那男人的名字，每聽一次痛一次，彷彿我的一切就是假的。」

高跟鞋阿姨說報名瑜伽課，就是要更愛自己。愛自己，愛生活，愛閨蜜，這才是她人生的中心。孩子不再是中心了。大家紛紛同意。

圍巾阿姨最孝順的寶貝女兒是同志，這讓她最放不下。雖然要學會為自己快樂，但她覺得讓女兒快樂最重要。她覺得讓女兒跟男人結婚才是真的快樂。

圍巾阿姨還是無法接受自己的女兒喜歡女人這件事，因為女兒過度孝順，所以她放棄了自己的女朋友。

圍巾阿姨紅著眼說：「我贏了，但我犧牲了最寶貝女兒的幸福。」

然後她流淚了。她說她還在學習怎麼可以讓自己的孩子擁有幸福。

這些話，味道很重，非常需要沉澱。

他們聲音很大，讓旁邊的耽美作家石化了，敲不下鍵盤。

畢竟作家剛結婚三年，跟她們這些結婚三四十年的不是一個等級。

精采的現實，讓她無言以對。

圍巾阿姨：「如果短髮來了就好了……」

短裙阿姨：「我們五人組就可以一起去玩。」

高跟鞋阿姨：「她沒辦法來，那就發給她。」

圍巾阿姨：「拜託，怎麼發啊？」

濃妝阿姨：「我們啊，好像過了六十歲才能做自己……」

圍巾阿姨：「那你可以把她P進去嗎？」

短裙阿姨理直氣壯的說：「我不會！」

我冷顫了一下，她們全體看著正在手沖並偷聽他們對話的我。

濃妝阿姨大聲說：「我們年紀大了，我們還可以這樣多久？」

圍巾阿姨吃一口蛋糕。「我們好可憐，沒人在乎。」

短裙阿姨點頭。「對！這位帥哥肯定會弄，舉手之勞對不對？」然後斜眼看我。

高跟鞋阿姨不在意，喝她的咖啡。

我嘆氣，剛沖完咖啡。「好啦……我幫你們弄啦。」

她們興奮如同少女。「肖年真優秀！」

濃妝阿姨：「太好了，就放在FB限動上！」

阿姨們這麼跟得上時代，竟然會用限動？

我走去他們的位置，濃妝阿姨說用她的手機。我打開她的FB，先直接進入限動編輯畫面，找出手機裡有剛剛蛋糕櫃的那張照片，準備放進限動。

打開別人的手機很自然看到其他照片，然後看到很多素顏。我盡量不看，但我的眼睛不聽話啊啊啊啊。

濃妝阿姨：「哦呵呵呵，別偷看偶沒化妝的照片啦！」

看樣子化妝真的有差。

我說：「好，那你朋友的照片呢？」

濃妝阿姨打開相簿，找到照片。照片裡那位短髮阿姨看起來比較年輕。然後我就把第五位姐妹放在剛剛一起的照片。

我也注意到原來剛剛拍照時，短裙阿姨把手伸向空氣，是為了要把第五位P進去。

四位姐妹整個大開心。

我不得不佩服。「你們好潮……竟然還會用限動。」

她們笑笑。

濃妝阿姨小聲說：「可以把我這位閨蜜P老一點吧？」

我大笑。「怎麼可以這樣對你的閨蜜？太壞了。」

我的大笑反而讓她們尷尬不自在。

高跟鞋阿姨說：「是這樣子的……」

圍巾阿姨紅眼搶話：「肖年……她沒辦法跟我們一起變老。」

然後她們沉默了。

……對不起。我瞬間難過，我說我不會把人P老。

我緩和氣氛說：「她是美女耶。」

她們說：「是風雲人物哦！」「很多人追。」「欸，我們可是美少女五人組哩！」

濃妝阿姨大笑著說：「你看肖年仔臉紅了，看偶，偶以前也很不錯哦！」她擺了一個pose。

她們集體大笑，說能一起出來很高興。能一次聚會，算一次聚會。

她們還要再拍一張照片！

我說好，我來拍。她們擺出另一個閨蜜陣形。

濃妝阿姨：「我們閨蜜的……」

高跟鞋阿姨：「友情……」

圍巾阿姨：「是永恆不變的……」

短裙阿姨露腿：「嗯哼～」

一隻手，留給空氣。

Part 2

真感情咖啡

你只要有親自來過，只有一點小聊，
我會認認真真的記得你。
就在我的任何可能的深處記憶之中。

你當時在我面前喝了什麼，
點了什麼，我都還記得。

13 生女兒咖啡

一位十三歲穿白色洋裝的小女孩，推了很重的門，進了咖啡店。我笑笑說：「怎麼就你一個人呢？」

她對我說：「乾爹，我不存在喔！」

喔喔喔，你不存在啊，好無聊的遊戲。

欸，乾爹？

我回應：「喔，你不存在……」看看周圍，她沒家人跟在旁邊。

她說：「乾爹，我想要請你幫忙可以嗎？」

被蘿莉叫乾爹很不習慣，但很開心。

我說：「你認識我嗎？為什麼叫我乾爹？」

她說：「是你讓我爸爸媽媽認識的喔，所以我才能出生啊。你是我乾爹喔！」

我越來越不理解，感覺匪夷所思。

她說：「我來自未來二十年喔，這個是夢……」

她繼續說：「等一下我爸爸媽媽就會碰面了，我爸媽其實是你的朋友……」

她捲起袖子，藏在袖子底下的是大小不一的多處瘀青，她笑笑說：「其實，我不該生出來的，所以好不容易來到這裡，要麻煩你幫忙……」

呃……

「可以請你幫我阻止我爸爸媽媽戀愛嗎？」她紅著眼說：「這樣我就不會生出來。」

「這樣你不就消失了嗎？」

她笑笑。「這就是我想要的……兩個人會過得很幸福……」然後她淡化了。

瞬間，白日夢一醒，幻覺消失，小女孩也是。我人就在咖啡店。是幻覺嗎？還是想像……

門推開，是我的死黨和他的女朋友。他們笑笑，說好久不見。

那女孩，跟我死黨長得很像。我的死黨是不折不扣的玩咖，人很聰明，長得好看，不太像是會打小孩的人。

讓她們分手嗎？怎麼可能？而且這是白日夢耶……

死黨點了冰美式咖啡，女生點了熱奶茶。

女生摸摸肚子，男的點頭，然後他們找一個離我很遠、相對隱密的位置坐，我竟然看得懂……

你這個還沒結婚就搞大別人肚子的壞蛋。

我上了飲料，死黨看手機然後說聲謝謝，女生很有禮貌的看著我，很得體很漂亮，我拉死黨到旁邊小聊。

我小聲說：「喂，你該不會把對方的肚子給……」

他小聲說：「你說什麼？你別亂說！我們只是剛去吃吃到飽自助餐又來咖啡店而已！」

喔……抱歉，原來，我誤會了……

他一臉懵懂的看著我。可是那個白日夢太真實，所以我還是繼續接。

我說：「我做夢夢見一位小女孩，說來自未來，說你們結婚後會虐待她，希望你們別結婚好了。對了，她還喊我乾爹……」

他愣住看著我，已經覺得我神經病了。

死黨後退三步，對我說：「我還沒怎樣，你就對我未來的女兒感興趣了。你這個蘿莉控！」

我不是啊啊啊啊啊。

他笑笑。「我不會跟這女的結婚的，你放心，這時代，玩玩嘛！」

呃，很討厭……但感覺任務達成就好……

他回到位置坐，我也會回到吧檯。

所以，就這樣？那小女孩安排我的任務就到此為止嗎？很不爽快。

內心極度不舒服。感覺這樣的結局，不是結局。

女孩穿越未來到了今天，就是要安排我殺掉不幸福的她？可是將不幸福轉為幸福，有很多方式啊！

我看著死黨，發現他的表情轉為驚訝，看著她女朋友。女朋友摸著肚子，點頭對他說話，我聽不到內容，但覺得大事不妙。

我走過去，然後聽到他女朋友冷冷說：「我要生出來。」

我走到他們中間，說借一下我的死黨，然後很沒有禮貌的把他拉到旁邊。他一臉還是懵。

我對他說：「這個婚姻是否幸福，決定於你是否要負責任。」是的，我這朋友負責任的話，女生就會幸福了，答案真的很簡單，我剛開始為什麼思考得那麼複雜。

他抓住我的手。「沒辦法，我還沒準備好，我剛剛要我女朋友打掉小孩……」

他繼續對我說：「我安全措施都做得好好的，那孩子絕對不是我的。」

一切的不信任，會創造不幸福的關係。

我讓死黨在另一個位置坐好。真不知道我為什麼那麼雞婆，我直接上去問他女朋友要不要再加奶茶。她點頭，我快速加滿一壺。

我送上去後，她哭了。

我知道發生什麼事情，但還是直接問她怎麼了。她搖頭沒說，但說她聽到了錯誤的答案，所以要去醫院。

我點頭，去了死黨的座位跟他說了這件事。他有點回神。

他看著我，然後抓住我的手臂問：「你夢見的那個小女孩，長得可愛嗎？」

我笑笑說：「她真的如同天使般可愛，她不忍心看到你們兩位不幸福，希望你們別相愛……」

他說：「很像我嗎？」

「嗯，像你們兩位……尤其是你，有你的眼睛和鼻子……還有她泛淚的表情，跟你很像。」我猶豫著說：「但，她專程來說，希望你們放棄她……這樣對你們最好。」

他說：「她好溫柔……」

我說：「真的很溫柔……」

他說：「我決定讓孩子生下來……」

欸？

他說：「我想要讓她幸福。」

「可是她不幸福，你會打她，她身上有瘀青……」

他驚訝。「我不是那種人，你是知道的！」

「所以我才猶豫啊，而且我那個白日夢說不定是假的。」

他說：「不論是真是假，我希望生下來……」

然後他走回位置，跟女生講了一下，抱在一起。

他們離開了咖啡店，他跟他女友向我道謝。我說不用，請好好照顧肚子裡的女兒喔。

她真的真的很貼心。

晚上，我睡著。她出現了。

我問她，我做得好不好啊？

她泛淚。「我竟然沒有消失，我好害怕好害怕。」然後哭著說：「我以為我死掉了，我爸媽就會過好日子了。」

「別亂說，你是你爸爸的寶貝啊！」

她擦眼淚說：「我現在很幸福，好不可思議的幸福，身上的傷痕都消失了。」

她說她不但沒消失，而且爸爸媽媽很溫柔，又多了哥哥和弟弟。

哥哥？

她說：「哥哥是被拿掉的……第二個才是我。」

呃……所以我一個舉動無意間救了三條命嗎？

然後她道謝，說了很美的兩個字：「乾爹。」

過幾個月，死黨說知道性別了，是男孩。他氣得牙癢癢的打電話給我，問說他的前世情人女兒勒？怎麼會是男孩？

然後他衝到咖啡廳，跟女朋友，喔不，是老婆，他們領證了。他老婆根本一臉幸福，面容紅潤。

我說我這裡只要喝一種咖啡，就保證生女兒，要不要？他老婆說要，他也是。

我跟他說，明年來拿咖啡。

過了一年，他們有個白胖胖的兒子。他要來拿生女兒咖啡，我給了他跟他老婆。

他們貌似邊喝邊戰鬥。然後就懷孕了。

幾個月後，確定是女兒。

我說：「你女兒生出來了，必須叫我乾爹。」

他說：「你這個死蘿莉控，兒子不可以嗎？」

我說：「你兒子就算了。」

孩子，歡迎來到這個世界。

我們大人的情緒，不應該由你們來承擔。

14 真男人咖啡

常來三咖啡的藝術家，本身就是個留長髮、很man的人，是個行動派、工作有力、傾向自由的好男人。他不抽煙、不喝酒、偶爾玩玩遊戲，不斷在思考如何有更創新的idea。

他說：「身為一位男人，不能被女人給綁住。」

我回說：「我也這麼認為！」

他繼續說：「我們男人就是要維持崇高的思緒，防止被女人征服。」

我用力點頭，內心一股熱，永遠的兄弟。

問世間半數男性，已被婚姻捆綁。然後我們之間就是buddy-buddy

好兄弟。

有一天，他發訊息給我。「等下去你的咖啡廳吃飯喔，我帶一位朋友過去。」

我興奮說好啊，安排了一個不錯的位置，適合玩「傳說對決」。

接著進來了一位麥膚色很漂亮的女生，後面跟著藝術家朋友。

我說：「你好，請問這位是……？」

藝術家隆重的向我介紹：「老闆，這位是我的女朋友。」

他摟著女方的手臂，然後我揉一下眼睛，喔，是女方摟他手臂，我怎麼會有這個奇妙幻覺？

他，交了一位男友力很強的女律師為女朋友。

男友力很強的女律師，會跑馬拉松，跑三鐵。她控制飲食，專打民法婚姻訴訟，還有詐欺、詐騙、追債務那種。

她銳利的眼鏡，很明顯任何齷齪的事都會被她抓住。

我死魚眼的看著女律師，然後死魚眼的看著藝術家。內心感受到了背叛，說好的兄弟一輩子情？

我私下偷偷說：「你交這種律師做女朋友，就沒辦法偷偷做虧心事喔……會死很慘喔。」

他粉紅泡泡滿滿。「嘻嘻，當然啊，你管我……」

他嘻嘻了兩個字。他很少用嘻嘻。

我認識他六年了沒聽過他用嘻嘻。

他幸福了。他嘻嘻了。

他平常晚睡，現在早睡。他不再跟我們一起健身，現在去陪女友跑馬拉松。

他封鎖遊戲，不再跟我們玩。

他自稱是馬子狗，而且是很驕傲的那種，常常聊他的女朋友，眼裡只有女朋友。

他想要賺錢，要買房，要發憤圖強。

他本來是我一起耍廢的朋友，現在全火發電積極起來了。我融入不進去了。

他說他跟她的思緒水平一致，很聊得來。他的藝術作品，也都大型變化了，積極了。

有一次，他們倆進來，男的摟著女的，因為律師的男友力太強，所以我的眼睛錯覺的以為是女的摟男人進來。

女律師說：「你好，我想要點真男人咖啡。」

拎北真的好有男友力……

藝術家說：「那，我要玫瑰奶茶，嘻嘻。」

你別再嘻嘻了，麻煩你別嘻嘻了，而且為什麼點玫瑰奶茶？你平常不是都喝冰美式的嗎？

他們找了位置坐下。男的將頭靠在女律師肩膀上。女律師摸著他的頭，「乖，怎麼那麼愛撒嬌呢？」

一副很唯美的畫面出現了。

兄弟啊，你真的是那種在遊戲中為我擋刀、擋子彈的夥伴嗎？

我上了杯真男人咖啡，黑豆漿的苦澀感，與濃縮咖啡的經典搭配，是讓男人更男人的經典飲料。本來用來作為現代版本的臥薪嘗膽飲料，沒想到她竟然敢挑戰。

女律師喝了一口，那苦澀感對她毫無作用，反而增強她的內在。

是的，她的男友力更強了，強大到我看著藝術家柔軟的像個寶寶那樣，直接躺在女友懷裡，然後如同貓咪般的用頭部鑽入女律師的胸襟。

停！這樣就可以了！這裡是很健康的咖啡廳……

不，我發自內心深處不想為他上玫瑰奶茶，我想要救我這位朋友回復正常。

我覺得將我的意念灌入曼特寧，一定可以救他。

我問：「想要喝曼特寧嗎？我可以幫你換。」

他繼續鑽入懷裡。「不想要，嘻嘻，我、要、玫、瑰。」

女律師說：「哈哈，你好調皮……」

我要離開現場，立刻，立即，馬上。我的眼睛不能這樣下去。

我還是上了玫瑰奶茶，他吸了一口說很好喝，發現了玫瑰香甜的美好滋味。

這世界已經不是我看得懂的世界了。我看到這世界的全新平衡。

我另一位損友進來，他剛分手沒多久，還在情傷狀態。他看到了藝術家直接幸福躺在女律師身上，感到很意外。

他說：「欸，老闆好？我看錯了嗎？」

「你沒看錯，藝術家正在幸福嘻嘻中……」

藝術家說：「玫瑰真好喝，嘻嘻。」

損友小心翼翼的進來，很疑惑的看著藝術家，再轉頭看著我。「是你的朋友嗎？」

不知道該承認還是否認。我點了頭，說不要打擾別人的兩人世界。

損友看著我說，他分手後還是很難過，不知道該怎麼辦。藝術家與女律師在互相挑逗，讓他無法專心跟我說話。

損友說：「所以我究竟要不要把她追回來？我現在完全吃不下飯。」

藝術家說：「寶貝餵我吃蛋糕，啊姆，好甜哦哦！」
損友說：「然後我現在不知道我未來的路要怎麼走？」
藝術家說：「我們要一個大大的房子，住著兩個人，有你我共同的小寶貝。」
損友說：「我現在連晚上睡覺都睡不着，不知道怎麼辦，需要安眠藥入睡。」
藝術家說：「我們晚上一起抱睡好不好？今……晚……嘻嘻。」
我實在沒辦法，聽了兩邊說話我精神幾乎快分裂了。
我跟損友說：「來，你看那位藝術家。」
「不要刺激我啊，我內心好難過。」
我說：「你看看他，是不是很幸福？等你未來找了一個美女，也會是如此。」
損友說：「所以要怎麼做？」
「找一個比你厲害的女人，這樣你就可以很幸福的做你自己。」
損友就看著女律師餵草莓蛋糕給藝術家吃。藝術家嘴巴張開，吃進去，滿臉微笑，說好吃，然後埋進去。

損友流了眼淚，說好羨慕這種愛情。他好嫉妒。他想要一個願意一起共同擔起責任的好女人。

不知為何，我也情不自禁的留下淚水，而藝術家就在那邊持續嘻嘻下去。未來的世界如今也慢慢的明朗起來，我彷彿看到了我們新男人未來的新方向。

C.LONG0514

藝術家的 IG

15 做自己拿鐵

「為什麼你只要一個道歉就好？」然後我上了一杯拿鐵。

這位女孩跟我提到她的男友腳踏兩條船。她發抖，並且跟我說她已經不知道該怎麼辦了。重點是她男友不帥，也不是很有錢，所以完全不知道他花心的本錢在哪裡。

我憤怒。「所以他好好的跟你道歉，跟你說聲對不起、說我不應該傷害你，你就沒事了？」

她點頭，然後說她正在嘗試如何融入這種微妙的三人關係，甚至可能思考如何維持這樣的微妙狀態。

我聽說過這個世界是讓男人感到羨慕的世界，但也是極其不公平的那種。曾經被戴綠帽子的我，只知道自己的原則不能被侵犯。

我舉頭看了看自己咖啡店的招牌，三咖啡，一個很奇妙的數字，身為咖啡廳老闆，我還是理解一下好了。

我重複一次：「所以他好好道歉，你就可以接受你跟他、她跟他持續的關係？」

她點頭。她已經有氣無力，從嘴巴說出來的話，剩下氣音……

這個狀態下，她應該已經失去自我判斷能力了。

我覺得很麻煩，這樣會陷入無限輪迴的黑暗之中，然後無法自拔。她只是單純愛她的男朋友，她決定貶低自己來維繫彼此關係。這個詞叫做賤。

但是，在她的世界裡，這叫做愛。這種愛，代價很高。用自己的尊嚴換來的。

我弄了一杯熱拿鐵，試圖拉一個有點巧思的三葉片。我邊拉花邊跟她說：「假設整杯拿鐵的空間代表愛，那麼你看……」我很用力拉花，三片咖啡葉子隨著我的力道互相推擠，無法擴大。

我接著說：「你們三位就無法感受到愛的最大化。因為彼此分散了，所以無法充分感受到愛。未來你也會如此，這真的是你要的嗎？」

她看著三片擁擠的葉子擠在一杯拿鐵的圖形。

我說：「這是讓你恢復自己的拿鐵，讓你精神恢復到從前。」

咖啡裡，我加了點薄荷糖漿。我在她面前放了一小顆巧克力，背面黏著杏仁，「這是一個可以讓你勇敢說不的巧克力。」

她雙眼無神的拿起巧克力吃一口，咬了一半然後放回去，嘆氣。

我繼續說：「那就只能這樣了……加油吧……」

身為朋友，身為咖啡店老闆，目前這些是我唯一能做的事，後面就只能靠她自己了。

我決定放生。

她喝了咖啡後，恢復些許體力，看著我開始泛淚。

不要這樣……不要對我求救……

我說：「你不能要求別人處理你的事情。該給你的我已經給你了，一共一百四十元，不打折。」

她點頭，吃完那顆巧克力。

她品嘗巧克力，用精神感受那個會讓她說「不」的巧克力精華。

她開口說：「我『不』要這份關係。」

她泛淚說：「我『不』要這樣的自己。」

我說：「好的，那整包巧克力送給你吧，我正在減肥。」

她謝謝點頭，帶走了那包巧克力，裡面有十顆，應該夠用。

能不能做自己，就看你會不會拒絕了。

她有氣無力的站了起來，跟我鞠躬道謝，緩緩離開店門口。讓我內心不禁小心痛。

一個懦弱的她，究竟要怎麼面對這種三人關係和感情。

才過一個月，她走進了咖啡店。

她大笑。「老闆好，好久不見，謝謝你的咖啡！」

她全身黃色洋裝，非常有精神，非常適合春天的氣候。然後我注意到，她後面跟上的是一位酷酷且精神煥發的新男朋友。

修但幾咧……我仔細一看，其實就是他提到的同一位男朋友。

他整個人我認不出來，剪了頭髮，衣服好看，時尚很多。

她說她選擇復合了。男的聽到後緊張的說：「難道老闆都知道我們的關係嗎？」

女的笑笑說：「一半一半。」

她的笑容變化得太多，更重要的是，她的走路姿態帶風，而且充滿自信。

男的小聲說：「寶貝，你想要喝拿鐵嗎？我來幫你……」

女的兇他：「You shut up! 我來點。」欸……英文？抱歉，請問你是哪位？

男的後退一步，頭低低的。「好……」

這對情侶，究竟發生了什麼事情？

她問：「還有上次的薄荷拿鐵嗎？」

我搖頭。「薄荷賣完了。」

她眼神出現了難以掩飾的不屑。「那好吧，我要香草拿鐵，給他原味拿鐵。」

然後男的上前拿出一張信用卡，手微抖……

兄弟，你還好吧？

活該，你值得被罵。

他們找到一個位置坐下，女生用蹺腳坐姿。男生頭低低的坐好，彷彿一個女王對待一位乖巧奴僕一樣。

我送上拿鐵，不經意的，我的手也抖了一下。我的手竟然帶點默默的興奮感。

停下來啊，我不爭氣的右手。

女的喝了一口拿鐵說：「老闆，謝謝你上次的幫忙，我還是決定和他復合……」

男的說：「有，聽寶貝說是你幫助了她，非常謝謝……」

女的打斷他：「You shut up! 我來說。」男的頭低低，說好。

然後女的開始講整個抓姦過程，毫不保留的在我面前全說出來，這是一個能讓所有男人顏面盡失的說法。

聽她的故事才知道，原來還有小三、小四、小五，她透過手機一個一個認識每位女生，點破她們，救了她們，也防止這男人被其他女人告。就一個月，都被她一次性解決了。

這女人，什麼時候這麼狠？我欣賞。

她說：「他小三啊……」她開始講整個過程。

他說：「那個……這……」

她說：「You shut up!」

他頭低低的，讓她繼續講整個過程。

她說：「他的小四啊……」

他說：「那個……這……」

她說：「You shut up!」

他整個人安靜坐在那裡發抖。其實那男人一直想要說話，卻不斷被shut up的氣勢給壓制住。

對男人來說，被外人知道有小三、小四、小五是很丟臉的事，這是一種處刑。

這位不帥的男人到底有多大的魅力？還可以有小五……這次風水輪流轉，換男人體無完膚了。

我開始同情他。

我對男人說：「這是一個可以做自己的拿鐵，你快喝吧。」然後他頭低低，喝幾口。喝完後看著我笑，那種燦爛陽光的表情。

他沒救了。原來他正在享受被女友凌辱的那種快感。

他說：「老闆我還要一杯。」

我回：「You shut up!」啊……一不小心脫口而出。

他愣住，然後對我笑。

完了，他的表情是享受的那種。

16 大人味咖啡

一位男孩和一位女孩，穿著高中制服，應該是一對，來店裡找一個比較寬敞的大桌位置。

看他們那種嚴肅向上的表情，比較像是來K書的，畢竟這個年紀，如果沒有在家看書或者是去K書中心，代表兩位肯定是尚未公開的高中情侶戀愛讀書咖。

高中情侶，是一種荷爾蒙噴發，而且壓力很大的青春美好年紀。不談戀愛要幹嘛？

他們到前臺點餐及飲料。我推薦他們蛋糕搭配咖啡。他們隨著我的推薦點了飲料，外加義大利麵。其實這對高中生來說有點小貴，但對他們來說，還好。

高中女孩取出了信用卡。

他們應該去隔壁的星巴克，或者路易莎之類的咖啡店，很少有學生光顧本店。畢竟本店是一個商業交流感很重的咖啡廳，白光比較多，黃光比較少。黃光對讀書來說氣氛比較好，不過，這裡相對比較安靜，對談情說愛的學生來說，說不定是最佳場所。

最主要是，不會被其他同學看到。

上了飲料，他們就喝幾口。

男孩喝了一口說好苦。女孩笑笑說，這就是大人的味道。

女孩準備要餵男孩蛋糕，男孩避開說他自己有叉子，可以自己吃。

這男孩絕對是鋼鐵直男。

兩人翻起課本，開始念國文。是有發出聲音那種，與其說是閱讀，他們更像是在念經……不過很小聲，沒有打擾到旁邊的客人。

他們重複念了好幾遍，我聽出應該是在念〈畫菊自序〉，是一篇有關創作不分性別的文章，如同看到這兩位，現在男的已經放棄，完全是女生在主導男生要好好學習。

女孩念得很有心得，男孩念得就感覺還好。他們念累了，休息。

男學生想要聊點別的。「……我們學長的學測成績剛出來，跟學姐的分數差太多了，應該會跟學姐分手，分數差很大……」

女學生動一下眼鏡。「如果你的學測分數沒辦法跟我一樣，那我們也只好分手了。」

男學生吞了口水，說還有兩年一定沒問題。

為了愛情而讀書是一件滿幸福的事，才高一就要想到這件事情挺不容易的，很多人到了三十歲還搞不清楚自己要什麼。

男生說：「我們這樣念國文，真的分數會變好嗎？我看不懂，只是在念而已。」

女生說：「這種古文多念幾次就會懂了。下一篇是〈勸和論〉……」

他們開始念，然後我聽文本內容，感覺像是憤青在念古文。

男生說：「勸和論，感覺像是男女朋友分手後要和好的文章。」

女孩瞪她一下，說：「別亂說，分手再和好，不可能。」

男的不說話。

他們念了兩遍，女生說：「可以了，換下一篇。」

她們的機動性，讓周圍的人很勵志。不過看感覺，更像是女孩在努力拉男生一把。女孩反而不斷的勞累嘆氣。

男生說：「我放棄……真的太難了！」然後拿起手機開始玩遊戲。

女生說：「你在做什麼？」

男生說：「沒有，只是太累了而已，放輕鬆……」

女生說：「如果學測沒考好，我們就不會進入同一個大學，就會各自交男女朋友，這樣我們就無法在一起。」

男生說：「對不起，我錯了。」

女生說：「我們一起好好努力，好不好？」

男的點頭，然後繼續念下一篇〈鹿港乘桴記〉。

這位可愛的小姑娘啊，說不定，真進了同一所大學，你們也不一定能在一起啊。你太幼稚了小女孩。

這兩小無猜的畫面，讓我不禁思考：有很多男生的能力，都是靠女生不斷鞭策而得以成長的。

想到一個更黑暗的。這位可愛的小男孩，說不定未來高中會跟另一位女孩，然後大學跟另一位女孩，然後大學畢業後再另一位女孩，當兵後又會有另一位女孩，之後經過無數位年輕女性們充滿愛與恨的接力賽，才逐漸完成這位男孩的人格。

最後就看是哪一位女生接盤所有女性接力賽的結果。

這是男人的宿命。

他們念完該念的部分，休息一下，開始吃東西。

麵已經涼了，咖啡剩一大半，男方的蛋糕吃完了，女方還沒碰。

女孩說：「我們要持續下去反覆念，十多天喔，就會抓住語感，這樣國文才會進步……」

男孩說：「我這樣不行，我想要放棄。」

女孩說：「拜託……為了我們的未來……」

男孩說：「……知道了，但是說不定我們一起考上之後，就不愛對方了。」

我聽到理智線斷掉的聲音。

每一位男人都有那種不負責任讓人崩潰的嘴巴。

女孩收起笑容不說話，黑化，默默點頭。「我已經很努力愛你了，如果那個時候到了，真的不愛對方，就離開吧！」

女孩啊女孩，現在就黑化的話，到了婚姻階段還得了啊。

男孩說：「不會的，我會愛你一輩子的。」

女孩子冷笑了一下，讓我感到一絲絲恐怖。

是的，你們兩位的人生才剛開始，都是互相接棒，到底能不能堅持到最後，就要看兩位了。

女員工說：「老闆，別再看了，臺灣男人都是不主動的，那不是你的世界。」

我說：「胡說！我們積極又主動。」

員工說：「你被動到，你的年紀……可以當她爸了！」

「……」

兩位吃完餐點，收拾一下他們的東西準備離去。離開咖啡店前，男孩說會送她回家，他會在家裡努力讀書的。這段感情他知道很難，但是他很願意這樣努力。他不喜歡讀書，但他願意為她繼續讀下去。

女孩抱上去，接了一個深深的吻，一個有點過度野蠻的吻。

她停下來，喘口氣，說：「只要你繼續努力這樣，那麼我真的就心滿意足了。」

兩位又親上去了。看到這裡我有點羨慕，我用力咳嗽兩聲，還是阻止不了他們的親吻。

呃……兩位年輕人錯綜複雜的荷爾蒙，讓他們置身於天堂之中。

員工說：「老闆，別看了。」

「……嗚……」

員工說：「你現在的表情就像是孩子的爸一樣。」

17 低咖啡因沖法

曾經有一對夫妻來學手沖，男方是帶著夢想，帶著衝勁，女方是帶著現實，要保守。

他們說他們想要來學手沖，希望可以去臺中開店。

欸不是，我請問你，你就這麼想要開店是認真的嗎？

女方直接對我，在她老公面前說，她是要來摧毀她老公的夢想的。

摧毀，這個詞用得真精準。

我就知道，女人就是比較聰明。

課堂開始，男的說可以跳過基本。

蛤？

我問：「平常你是怎麼沖的？」

他笑笑說可以示範喔。

他帶了自己的咖啡豆，靠北是藝伎。我說不行，要用我們這裡的練習豆，我要了解你萃取的狀況如何。

他不爽的拿我們的咖啡豆，秤了四十五克，超滿。我看了傻眼。女方就拿著筆記細細觀察。

他拿出他專屬橘純銅 Hario 手沖壺，價格不菲，應該保護得很好。開始裝熱水。九十二度，從高處下來。一次性下去，中間沒停頓，沒搖晃。又是一貫道手沖……

拜託，這種一貫道手法到底從哪裡學來的？

他說咖啡好了。

我就喝一口。嗯，味道有出來，但哪裡怪怪的說不上來。

我說：「其實你用了快四十五克咖啡粉，但是我可能只需要二十三克就可以，甚至更少……」

然後我示範一下，基礎的，用二十三克，給他比較。他喝了一口，再喝另一杯，發現味道一樣……

Of course! 我物理很強。

我解釋：「你現在要學會提高的就是萃取率，所謂萃取率就是……」

我故意停頓希望男的接話……

女方說：「就是把咖啡的精華用最少量豆子發揮到極致。」

我驚訝，她接得住……

我就知道，這女人很聰明。

我請他用基本方式萃取，結果他萃取出來的味道濃度不高。

看他的手法，估計對物理學的掌握度不高……

我解釋：「這是倒三角錐，儘量沖正中央，沖太邊邊會讓純水直接進去到咖啡，會被稀釋。」

此時，他已經超級不滿了。

男方說：「這種簡單的做法我根本不想要練習。」

女方說：「他的意思是他要獨門技巧……」

精準。

我死魚眼的看著他。我看到了成年巨嬰嗎？

女方拿出計算機。「假設咖啡粉一克就一塊錢，老闆只要二十三元就可以出一杯咖啡，你卻要花整整兩倍的錢才能出相同品質咖啡。你應該向老闆學習如何提高萃取率才對。」

男方很難過的勉為其難的點頭，並說他懂了。

女方說：「你的藝伎一克要十元，老闆沖的話，一杯可以幫你省下快兩百元，而且是成本……」

我就知道，女人就是比較聰明。我內心深深為她鞠個躬，她一定受了不少委屈……

教學差不多了，也滿輕鬆的，不需要那麼用力。到了結尾，男的很沮喪。女的很開心。

男人學了物理，又學了簡單的經濟。外炫的技巧不如扎實的基礎。女人成功的用她的行動力，摧毀了男人開咖啡廳的夢想。

後來得知，是女方建議要上來臺北學習，然後誇我們的起司蛋糕好吃，咖啡好喝，朝聖等很久了。

真會說話，他老婆的公關技巧真是不得了。

我就知道，女人就是比較聰明……

成功的男人，背後一定會有很會阻止男人犯蠢事的聰明女人。

後續

在臉書放了前述這篇文章，出乎我意料的影響很大。很多妻子都有無限的共鳴，來信說就是如此沒錯。也有不少先生說他們很努力的維持自己的夢想，沒想到如此殘酷。

有趣的是，剛好有人將這篇文章轉發給這對夫妻，而這位妻子，後來有聯絡上我。

進了咖啡店，妻子有點小難過，她說自從老公沒有玩咖啡之後，整個人變得憔悴、低沉，而且對周圍的事物失去了熱忱。

她對於之前那樣摧毀力度太大感到有些後悔，因為那是她發自內心認為正確的事。但是現在他先生那種創業的火焰消失之後，變得不愛出門，也不怎麼跟人聊天，甚至她開始擔心，他們之間的甜蜜關係也順道受了影響。

以前她先生會跟她分享很多有關咖啡的快樂的事，現在彼此間的話語變少，先生也沒有那種以往的動力。

妻子沒想到，那種創業的動力，會連動影響到家庭的生活，還有夫妻間的關係。而她，摧毀了這一切。她感到很害怕。

女方說：「該怎麼辦呢？」

我說：「那你想重新喚醒他的夢想嗎？」

「你的意思是……」

「你想讓他開咖啡廳嗎？」

喚醒先生的夢想，意味著身為妻子之前所做的一切歸零，也意味著失敗及無能。但是她忘了剛開始結婚的那種最重要的思緒，就是互相扶持、互相幫助。

女方說：「可是，一定會虧錢啊……」她無法接受，「一定會虧大錢的……失敗後，我們倆怎麼辦？」

是啊，這個就是大哉問，沒有一定的答案。

我說：「但是你肯定知道，如果你不做任何事情的話，他就會慢慢如此……」

她發現她完全低估了她先生對咖啡的絕對熱忱。

她點了一杯奶茶，然後我中間提到說要不要喝拿鐵。她笑笑說她從先生那邊喝太多咖啡了，因為會心悸所以再也不喝了。

我愣住。「如果你連先生的咖啡都不喝，那麼你先生一定會很難過的。你可能覺得你先生的重心是在咖啡，但事實說不定……」

女方說：「你的意思是，他為了我放棄了夢想嗎？」

「是啊，其實他肯定知道不會賺錢，但至少他愛這個事業，而且他更愛跟你共同分享這些。」

妻子完全愣住，她說她現在要喝咖啡，低咖啡因的都可以。

我笑笑的說好。

然後我沖了一杯簡單的手沖，也用了一貫道的沖法。

女方笑笑，「你知道你可以不需要用這種方式沖咖啡啊……」

我說：「你知道這個沖法，咖啡因會是最低的嗎？」

她愣住，恍然大悟，原來先生做的一切就是希望可以跟她共同擁有一個一起打拚的事業。

她紅著眼睛，一口喝完了我的咖啡。「他一直到處尋找獨門技巧，原來是要尋找我能夠喝的咖啡……」

她謝謝我，然後說她知道了答案而離開。

後來，她支持先生創業，先生的體力立馬恢復，回到原先有精神的狀態。他們已經開始尋找可以開咖啡廳的地址。

幸福的婚姻，背後一定會有用行動好好疼愛老婆的男人。

18 情人節套餐

一位朋友和他交往了快三年的女朋友來三咖啡要吃情人套餐。

以前三咖啡有廚師的時候，會特別設計情人節套餐，但一直賣不好。賣不好所以養不了廚師，廚師離開了我就自己來……所以現在都懶得設計了。

我說：「我這裡沒有情人套餐，你能不能到正式的店去吃啊？」

他說：「但我不知道去哪裡吃飯，大部分都吃過了。」他繼續說：「我內心第一直覺，認為必須在你那裡比較好，麻煩你了。」

我說：「先說好喔，沒有玫瑰什麼的，三咖啡沒有特別準備什麼套餐和活動，你要驚喜就得自己準備。」

他說好。

……情人什麼的，真的好累又討厭。

情人節當天，三咖啡聚集了很多單身客人，平常沒那麼多人，沒想到當天特別多，都差不多一人一桌。

後來我發現一個特別規律，單身者很喜歡躲在三咖啡，因為很舒適且不孤單。情侶則很少來，因為不夠有私人空間感，而且夜間我們的燈有點亮，沒有特別陰暗的地方，你的手偷偷動哪裡，所有人都看得見。

我的朋友到了，穿件簡單的 smart casual 外套，小帥。他拿了一小束玫瑰花，竟然是塑膠的！我鄙視，你鋼鐵找死嗎？

他挑眉看我，再眨眨眼。「幫我藏起來吧。要在合適的時候拿出來給我……」

你這種鋼鐵且不知名的自信究竟從何而來？

他女朋友還沒到，但我內心已經感覺不對勁了。

他在本店點了兩份義大利麵、一瓶紅酒、一杯玫瑰拿鐵及一杯玫瑰奶茶。

好吧，這個還可以過關。

他說：「老闆，可以打折嗎？今天情人節耶，而且我還點這麼多，還有紅酒！」

「不行，不可以，不要。」

「小氣。」

拜託，有女朋友就是要有意識，今天就是個花大錢的日子，情人節就是要求男人為你心愛的女人多花錢的最佳日子。You know?

他轉轉頭，看了一下周圍，旁邊都是單身男女。他找了我安排好的位置坐下。

他說：「天氣好熱，冷氣開了嗎？」

我說：「開了，你別那麼緊張好不好？」

兄弟，我比你還緊張，現在不是熱不熱的問題，你那個塑膠花送出去必死無疑。必死。

為了臺灣的生育力，我決定了。我轉頭跟員工說現場麻煩他處理，我出去買花。員工笑笑對我比個讚。

出了門，我衝到松江南京站旁邊很多花店，三咖啡周圍真的不缺花店，因為旁邊有四面佛。但今天可是情人節大日子，所以花店的玫瑰花都賣完了。

唉……

在遠方接近捷運站出口，我看到一位奶奶在叫賣，我衝過去，開心買了一束花。奶奶收了錢，開心說：「這是很快樂、很漂亮的花，你跟女朋友會很開心的。」

我內心瞬間小難過，沒有女朋友。我笑笑說：「沒有啦，我是幫朋友買……」

奶奶笑笑說：「那你是一位好朋友。」

暖到心頭。是的奶奶，我們大家一起為出生率加油。

買花後，衝回店，朋友跟她女友在店。女友穿得很漂亮而且有戴垂下來的閃亮耳環。他們喝著紅酒笑得很開心。

我超速度到他旁邊，咳嗽兩下遞花給他，是真花。

他睜大眼一臉懵不知道怎麼回事。我踢他一下，他懂了，並且不好意思的拿給女朋友。

女朋友眼睛發亮，興奮說：「太好了，你開竅了！好美！」接著冷冷的回：「你知道嗎？你每次都送塑膠的給我……」

我內心鄙視的看著我的兄弟。

然後我發現旁邊在用電腦的男性客人一臉羞愧，另一位女生邊看書邊露出詭異的笑容。

喂，別看這邊……你們可以認真單身嗎？

他女友喝著紅酒，臉有點紅，他也甜蜜蜜笑笑著吃飯。看樣子今晚的義大利麵很對他們的味道。

背景音樂是我特意安排的情歌，幾乎完美。

太好了，請你夜晚多大戰幾回合，一不小心懷孕生出優良寶寶吧。

這時旁邊玩寶可夢卡牌的客人大喊：「你的超夢去死啦！」

你肯定是故意的，你絕對是故意的，喊那麼大聲是怎麼樣？

我飄到他們旁邊，請他們小聲一點。寶可夢客人看著我，再看著那對，露出羨慕含淚的眼神……

好啦，別難過，請你們兩位一杯玫瑰奶茶過過節……

另外有位正在看書的女孩，也悶出哭臉。

她看的書名是《婚內失戀：有婚無伴的人生》，那女孩很故意的把書名放在很顯眼的位置。那個位置在我好友的女朋友視線範圍內。

怎麼可能會讓你得逞？我直接飄到女孩旁邊問她要不要喝點什麼，順便問要不要看別的書。

她意識到了我的注意，換了別本書。我請她玫瑰餅乾，她點點頭。

用電腦的客人開啟雙聲道，播出類似失戀的歌曲，試圖抵擋我播放的輕鬆情歌。我也走上前去，看著他的眼睛，他也看著我的眼睛。

他的眼神是剛失戀、不甘心的那種。他的電腦螢幕上沒有東西，只有播放的歌曲，跟某位女孩的FB。

我懂，但我也不想懂。我請他節哀。他點頭，關掉了音樂，淚水汪汪的看著情侶倆。

唉，好麻煩，這就是為什麼我不希望情侶來三咖啡用餐啊，這裡的人，充滿情傷。

他們吃完義大利麵，飲料也喝得差不多，我朋友示意說還是要拿塑膠花過來。

你找死嗎？為什麼這麼執著要送塑膠花？

不過回頭想想，畢竟已經送了真花，應該安全沒問題吧。難道說假花裡有什麼東西嗎？

我找員工拿了假花，迅速檢查了一下，根本沒有任何東西。

朋友拿了花尷尬笑。「還有喔！這個……」他將花拿給女朋友。

他女友露出疑惑臉。我完全可以預估到她的表情。

朋友繼續說：「我第一次送你玫瑰花，是塑膠的，那是代表永遠。我希望每年都可以是這樣……」這種鋼鐵發言讓我很想要跪下。

寶可夢的兩位客人嘆氣，看書的女孩搖頭，用電腦客人握拳。

我決定避開這個丟臉到爆的場合留給女員工處理。

我走出三咖啡，試圖緩和一下情緒。我試圖努力救援他的愛情，但是我幹嘛那麼雞婆勞累？

走去離捷運站最近的便利商店，又遇到賣花的老奶奶。天暗暗的有雲，雖然不冷，但是奶奶仍然站守在那個位置微笑。我速度瞄一下，剩下很多花。

我發自內心想要讓她早點休息。

我走過去說要一次全買。奶奶笑笑的，用臺灣國語說：「呵呵，可以，哪一個女孩這麼幸運，讓你想買那麼多漂亮的花朵呢？」

奶奶算我便宜，但她想想之後說：「但要留一朵喔。」我疑惑問為什麼。

奶奶說：「說不定有人很急著要買玫瑰花，他就可以買得到，跟你一樣。」

我大笑，全買了，只剩一朵，總共一千五百元。

我打算把花送給我家那位鋼鐵老爸。

奶奶好暖，我的壞情緒被掃掉了。

然後就沒有然後了，我回到咖啡廳，他們已經離開了。員工跟我說他女朋友的表情非常臭，讓我也很難過。全場的客人也是，都悶著哭臉。唉……

（但幾年後，他跟她結婚了。我發現是我想太多了。）

後來我捧著一束花回去，沒想到我爸早就買了一束花椰菜當作送給我媽媽的情人節禮物。我媽很高興，很用力的抱著爸爸親了幾下。

看著這一幕，這麼努力的我，一直搞錯了什麼……

有些女性，就是喜歡鋼鐵的男性而結婚。而我，就是鋼鐵男人的結晶啊。

我爸說：「等一下炒給我吃，啾咪啾咪。」

我媽說：「討厭。」

不論結婚前如何浪漫，婚後浪漫應該是屬於他們倆之間的。

那束花，我決定留給我自己。祝我情人節快樂。

19 耽美聯盟

一位打扮smart casual的男客人點了手沖曼特寧和義大利麵，彬彬有禮的坐下。

應該是上過禮儀課的那種，很優雅的坐法，自然的看著周圍環境，很放鬆，將外套放一邊，拿出一本書，慢慢的翻。

他身高很高，大概有一八五，拿著日文原文書閱讀。

他靜靜推一下眼鏡，沒有動嘴唇那般的閱讀，不是為了學習語言而讀原文，是很確實的日文腦。

好喔，看樣子不只是我有注意到。

男員工說：「老闆……今天的女客人，是不是多了點？」

我不知道、不想知道，全部都是女客人吧……

我上了曼特寧，他紳士般點頭微笑，然後優雅的繼續看書，還不急著喝。他放一下，將自己浸入書中世界。

那些女生們都在心花怒釋放戀愛的氣息，真令人羡慕。

我回吧檯，看看周圍……

出現了，吃蛋糕的女性！正含著湯匙看著那男生了。

出現了！正在打字的女生使出絕招，直接放桌上了。

什麼？竟然還有一對女生，明明這麼冷的天，開始脫外套。

一個男人的行為習慣，可以體現出他的品行和面貌。

一群女人的行為習慣，體現這就是她們想要的知性男人。

一位女生還站了起來，難道準備往那男生的位置走去？

「貝貝！」一位身高一七五的男生進來，坐在那一八五男生的位置上。那一八五男生用食指比了一，示意安靜，然後繼續看書。

一七五男生，仔細看，像宋仲基。他就乖乖坐著，如同一隻很乖的寵物聽從指示。

這兩位的顏值真的很高。

喔，我旁邊的男員工露出了邪惡的笑容。「很甜蜜很甜蜜。」

瞬間店裡女性客人的視線全盯著那一七五及一八五。本來帶點吵雜的咖啡店，彷彿音響轉小聲，看似寧靜的空氣，實則充滿鬼哭神嚎。

位置C1的女客人在打字，咬著下唇表示不甘心。

坐在B1的一對女客人，本來還心花怒放的，突然嘆氣搖頭，穿起了外套。

吃蛋糕的女生，含著湯匙低頭沮喪，但更可愛。

站起來的女生，彎起了腰，然候走去廁所。

對方帥嗎？我不懂，一八五不過就是白白淨淨，像戴了眼鏡的孔劉而已。

內場敲響，義大利麵好了，我送過去一八五面前。「你好，你的義大利麵。」

一七五看著義大利麵，笑笑，流口水。一八五看著他，笑著，說是幫你點的。一七五就緩慢的走去拿餐具，開始吃。

一位女客人走過來吧檯。「你好，我要加點義大利麵。」

蛋糕女孩說：「你好，我要加點抹茶蛋糕。」

……欸？

所以，你們大家，是打算留下來慢慢看嗎？

我這句是廢話，她們的視線，時不時停在一七五和一八五身上。

男員工說：「人帥真好……」

閉嘴，好好洗你的杯子。

一七五站起來，走到櫃檯，說要點焦糖牛奶，然後坐回位置上。

牛奶啊……原來真的就是哥哥照顧弟弟的那種愛情。

我們咖啡店製作的牛奶其實工序有點小複雜，會分兩層，第一層是奶泡，下層才是本體牛奶加焦糖。

首先會用焦糖沾杯緣，然後放橘色焦糖在玻璃杯子的內側壁，用甩動來創造狂野的圖形。牛奶放入另一個杯子，與焦糖糖漿攪拌均匀，再拿另一份牛奶打泡。

攪拌均匀好的牛奶要緩慢倒入玻璃杯，不能破壞狂野的圖形。最後是奶泡，最上層是柔柔的白泡沫。

這樣可以感覺到一體的白色，但是有三種不同風格都在同一杯。這是外帶杯完全無法感受到的魅力特色。很適合這位一七五先生。

我送上的時候。一七五的眼睛發亮且驚喜，雖然牛奶已經插著鋼吸管，但他優先用杯緣來喝牛奶。他的上唇，沾滿了白奶泡，逗了一八五笑。然後他再用吸管喝牛奶。

嗯 這樣就對了。這樣就對了。

一八五還在看他的書，一七五慢慢的喝牛奶、吃麵。

一八五慢慢翻書，仔細閱讀，時不時看著一七五，帶點嘴角笑容。

一七五低著頭繼續吃麵，說：「貝貝，別再看我啦，看你的書。」他害羞起來。

兩人整個過程很優雅，彷彿新婚夫夫一樣，旁邊的女生們都開始笑笑欣賞。

笑笑欣賞？怎麼回事？剛剛不是憎恨憤怒鬼哭神嚎嗎？現在怎麼變成帶有聖光的羨慕與祝福？

一八五放下書，問一七五最近工作如何。

一七五說：「工作狀況不好，老闆其實很盯我，希望我可以加快速度，而且有女生一直不斷追問我有沒有對象……」

一八五說：「就說你有我就好了啊。」

一七五搖頭，臉紅開始喝起牛奶。又開始吃起了麵，沒多久吃完。

一八五說：「我可以養你，你知道的。」

在場女性有的雙手摸臉頰，有的咬著上下唇憋笑，有的已經閉眼開始臉紅，就差尖叫。

天啊，根本是4D電影院啊。

一八五說：「等一下去哪裡？」

一七五說：「看展覽吧……」

一八五拿出手機叫車，好。整個過程無不貼心，而且因為咖啡店變得很安靜，在場女生可以清楚聽到他們的對話。

女生們知道他們要離開，都放下手上的事，直接大膽的盯著他們。但很有趣的是，至少女客人都知道禮儀，沒有拿手機拍攝。

我小聲說：「好可怕……」

男員工洗完杯子說：「我看到了什麼？」

一八五用低沉嗓音說：「乖，起來，我們走。」

一七五聽了指令站起來，「是！老公！」

然後一八五收起書，穿起外套，優雅的離席。

一七五跟在他後面，乖乖的。

一八五搭著一七五的肩膀，走了出去。

等到他們兩位離開後，所有女性彷彿互相認識般，開始那種足球隊進球的興奮，都站了起來熱騰騰的討論那一對。

「是一對嗎？」「對，就是一對！」「啊啊是孔劉主跟仲基弟嗎？」

「啊啊好可愛的弟弟。」「一定是霸道總裁啊。」「弟弟吃麵好可愛喔。」「喊老公了喊老公了！」

我愣住，「怎麼回事……？」

男員工邊擦乾洗好的杯子，邊搖頭。

店裡的耽美聯盟，好像就這樣建立出來了。

我累。「好吧，反正也沒事，我先離開了。」

男員工立正。「是！老闆！」

你立正幹嘛？別學一七五……

我叮嚀：「杯子收好，備貨，掃地。」

他行禮。「是！老大！」

然後可能是他喊老大的聲音太大了，女性們正虎視眈眈的往我們倆這邊看。

其中一位女性，含著湯匙，看著我倆說：「好棒喔……」

20 發情咖啡

一位穿很少的女生進來，因為她不只是露，還是那種小褲褲有點快到大腿根部那種。

誰啊？然後她戴著太陽眼鏡，往我這邊詭異的笑。

她走臺步進入三咖啡，充滿自信的脫下太陽眼鏡，我發現她是我的學妹……

我說：「怎麼是你？」

「Aloha!」

Aloha 什麼 aloha？

你才住夏威夷八年就 aloha 什麼！

她看著咖啡廳。「哇，傳說中的三咖啡，真的是學長弄的耶！真、開、心。」

她搬來臺北三年了，在一間外企公司上班。我對她有不好的回憶。她是一位荷爾蒙到處亂釋放的存在。我也差點死在她手上。

她說：「嗯，我約了朋友來這裡，我要喝咖啡！我要魔法。」

我死魚眼。「不給……」你太危險了。

她說：「我要發情咖啡……」

果然……

她今天全副武裝，而且表明是要專門攻略她的一位朋友。「比較麻煩的是，對方有女朋友。你會幫我這個忙，對吧？」

她靠著吧檯，兩手臂努力擠胸部，想把 A 擠成 B。

不好意思喔，A 是很奇怪的字母，不管你怎麼弄，A 只能是 A。

我說：「發情咖啡是你自己喝的對吧。」

「對！」

「那好吧。我來弄。」

這杯充其量是熱巧克力加濃縮咖啡，terpene（萜烯）版本的。

她的朋友到了，是位滿高帥的小伙子，散發淡淡古龍香水味，是容易受女孩歡迎的類型。

他很陽光的進來，看了周圍說：「這裡是三咖啡對不對？」

他露出了粉絲應有的興奮表情。

喔，啊，難怪選這裡，因為他是粉絲。學妹果然心機……

他笑。「難道這位帥哥是老闆？」

學妹說：「是啊，我跟學長很 close 的。」

……close 三小。

他大笑。「我跟我女朋友很愛看你的文章！哈哈！」

我說：「不用客氣，歡迎，隨便找個位置坐。」

他問：「有勇氣咖啡嗎？對了，還有魔法布丁！請問我可以跟你合照嗎？」

然後他開始拍照，立刻發限動上傳給女朋友。後來才知道這位先生是學妹的主管，要不是因為來我這裡，根本不會赴約。

學妹說：「我們先找位置坐，別打擾老闆，嗯哼。」

嗯哼？

他說：「你點了什麼呢？」

「就一般的熱巧克力咖啡而已。」

一般的熱巧克力咖啡？

他們開始聊天，我為男生準備勇氣咖啡，為學妹準備了發情咖啡。送上去後兩位就是各種拍照。

學妹撒嬌。「主管，我發現我滿需要勇氣咖啡的，跟你換可以嗎？」

他說：「為什麼要換？那你自己找老闆點一壺不就好了嗎？我不喜歡巧克力。」

帥，鋼鐵直男讚啦！

學妹往我這邊看。「我可以再加一杯勇氣咖啡……」

我不理她。「等你先喝完再說。」

我覺得你根本就是故意要讓他喝發情咖啡。

他們互相喝了咖啡，開始聊八卦。發情作用很快，她開始了。

加了terpene的咖啡如同酒精一樣，能讓人放鬆，而且還有一個特質，就是笑點低，開始對周圍有初戀般的感覺……

學妹說：「晚上我們一起吃飯好不好？旁邊的川鍋很好吃耶，一個人吃很貴。」

他說：「那就別吃，你可以去吃旁邊的涮涮鍋比較便宜啊。」

學妹撒嬌。「我想要跟你一起吃火鍋啦，呵呵呵……」

「我不喜歡吃辣的火鍋，我女朋友也是。」

學妹愣住，沒有得到自己想像的答案。全副武裝完全無效。但她很放鬆，繼續攻擊。

每招都無效……直男各個角落果然防衛力極高。

她朝我這邊笑笑。「老闆，要不要跟我一起去吃火鍋呢？」

我笑笑，出現了不失禮儀的笑容，猛力搖頭。

她說：「你看啦主管，我被兩位帥哥拒絕了好可憐哦，哭哭……」

他，用很疑惑的表情看著她。

他繼續喝著勇氣咖啡，勇氣賦予他能力，讓他能更大膽的拒絕。

學妹說：「好冷喔，主管可以借一下外套嗎？」

他說：「你坐太接近通風口了。」

然後他說他也很冷……所以不借。

我死魚眼。「好啦，我關冷氣啦！」我神助攻一下總可以了吧。

我調高溫度。二十五度。

學妹抖抖。「但還是好冷喔……」

他說：「那你就喝熱巧克力取暖吧。」

學妹喔一下，這不是她要的回答，她就灌下去。留下大約一口……

學妹說：「你也嘗一口嘛，有老闆的愛在裡面！」

喂！干我屁事！

他說也是啊，應該要嘗試老闆的熱巧克力，然後就喝下去。學妹的嘴角動了一下，得逞了。

計畫通了。

他喝了一口說：「嗯，我果然還是不喜歡巧克力，勇氣咖啡比較好喝。」

學妹愣住。勇氣的效用果然超越了發情咖啡……

他很理智的面對著左晃右晃的學妹。

他說：「巧克力又沒有酒精。你怎麼回事？臉紅通通的？」

她說：「這杯是放鬆的熱巧克力啊，嗯哼嗯哼～」

我無縫接軌迅速送上。「來，這是你的勇氣咖啡……」

麻煩中和一下，謝謝，你太危險了。

學妹說：「正好！我現在立刻需要勇氣！」

立刻口渴的那種瞬間，一口氣喝了半壺。她開始不在乎環境，小咚一下桌子。「所以主管，你到底喜不喜歡我？」

啊，蛤？

他很尷尬，看了我一下，然後對她說：「你不是我喜歡的類型，對不起，而且我有女朋友了。」

學妹說：「可是！可是！我也很有姿色對不對？為什麼晚上不約我吃飯？我很明顯了！」

她紅了眼睛，緊張了……

他說：「喔，這個，其實……我跟老闆一樣。」

她崩潰。「不是，難道你要彎了嗎？」

喂！太沒有禮貌了吧！

他說：「不是，我們都是大奶控。」

喂！你這回答也太直接！

但……果然是真粉絲，正確精準……

這個答案很扎實的傷了學妹的心，但這位鋼鐵直男貌似無所謂。無所謂者無敵。

他無視眼前崩潰的學妹，興奮轉頭看我。「老闆，要不要看我女朋友的照片啊？呵呵呵……」

我興奮。「好啊，呵呵呵……」我走出吧檯。看他提供的照片，真的好美好可愛好大顆喔。幸福的真男人。

然後學妹已經無法理解我們的新世界了。

他說：「老闆，你的熱巧克力感覺會讓人怪怪的。」他感覺到周圍都是粉紅泡泡。

我說：「沒事，那個很少量，一下子就過了。」

他看我時有點臉紅。「呵呵呵……」

然後他嗯哼了一下。

我後退三步。呃……

學妹看到這個左右為難的場景，加倍創傷……

他站了起來，說自己怪怪的，就先離開了，說有空會再來玩！

對，快離開吧！

留下了我跟學妹……

學妹說：「學長，你好貪心。」

「貪心？」

學妹繼續說：「那明明是我的男人，現在你就這樣搶走他了。」

呃，那是你的報應……然後我轉身離開，學妹也緩緩的離開。

我深思了一下，發現這個咖啡的比例有點可怕，萬一讓耽美作家知道配方就完蛋了。

然後我一轉頭，就看到了作家笑笑的看著我。她也想要發情咖啡，extra hot。

21 忘情極苦檸檬咖啡

有一位男客人進來，坐下來不斷嘆氣，有點像是周星馳故意大聲的那種，很煩。

我進一步詢問他來幹嘛，他問本店有沒有解決煩惱的飲料。

此客人絕對有問題，請他走為上策。

我擺出撲克臉說：「可以喝酒啊，我們旁邊那麼多酒吧、夜店啊，建議去那邊喔，我們三咖啡還好啦。」

我很難得這樣。

客人說：「我不喝酒……我就是來三咖啡解決煩惱的，你們菜單有寫一杯啤酒……那來一杯吧。」

修但幾勒，你說不喝酒還點啤酒，這個邏輯很奇怪。

話說，疫情過後就很少人買酒，我搜索了一下冰箱，有啤酒，但是過期了。

我內心大喜但要忍住。「抱歉，本店唯一的啤酒沒了，還是建議到隔壁的酒吧。」

客人說：「不！老天爺為什麼這樣拒絕我？」

根據ＩＣＤ（國際疾病分類），此客人應該是戲劇性人格障礙，不然就是邊緣型人格障礙。

我頭仰十五度鄙視。「老天爺沒有拒絕你，你可以到隔壁買酒喝！」

客人說：「那我可以點一杯咖啡嗎？可以忘掉愛情的那種。」

……我不要。

這位客人一定是連續劇和電影看太多了。現在是需要解開情傷的忘情咖啡嗎？

我嘆氣。「喔。好吧。那我就為你準備忘情咖啡吧。」

客人驚訝。「什麼？真有這種咖啡嗎？唬爛吧！」

我笑。「是我自己失戀時調給自己喝的……憑你的智慧，我唬得了你嗎？」

他找位置坐下，我就在磨豆機上調整參數，然後咖啡機上的壓力調整到新參數，粉的刻度調更細。

接著壓粉的動作，我特別用力壓，讓咖啡粉餅結實點，這樣可以最大化的把苦味萃取出來。

目的很簡單，物理上來說，就是將咖啡的苦味及焦味最大化。

拿出馬克杯，放四分之一片檸檬片在杯子裡，還有五毫升柳橙汁。我在咖啡機上按了萃取鍵，熱咖啡濃縮之後直接落下，並燙在杯中的檸檬片上。

還沒結束，我不拿掉粉餅，直接繼續強制注水，高溫水繼續經過原來的咖啡殘留，直到馬克杯全滿。

忘情極苦檸檬咖啡 Lemon long black 完成了。

我端上給客人。這原本是用來折磨自己用的，沒想到有機會提供給失戀客人。

客人喝了後，本來期待他會大喊超苦。結果他毫無反應的慢慢喝，慢慢品嘗咖啡的苦。

好吧。看樣子他毫不誇張，他情傷真的很重。

失戀的都懂。失戀的苦才真苦，反而讓本特調咖啡的苦味，喝進去會變一種特殊味，可以緩解那種失戀苦。

以苦治苦是本人透過無數痛苦經歷而淬鍊出來的咖啡療癒法。

他就慢慢喝完了。

他本來想要說什麼，後來沒說。

他正常了……精神穩定了。

他說：「謝謝你，讓我喝了這杯好咖啡。」

「不用客氣，苦嗎？」

「苦，但苦得舒服。」

「……好點了嗎？」

「真的很好。」

然後我請他吃顆朋友送的巧克力。

他瞬間發現喝完苦咖啡後，吃巧克力搭得不可思議。

我說：「失戀苦結束後，會讓下一次的戀情更值得期待喔。巧克力為什麼好吃，就是因為帶有苦味。有苦味，才可以讓甜味更甜。」

他說他懂了，而且他說他現在全身充滿力量。

我點頭。「嗯嗯，那太好了。」

他興奮的說：「尤其是下半身！」

修但幾勒……

我不記得我這咖啡有這種功效。

他說：「曾經有一份真摯的愛情放在我面前，我沒有去珍惜……」

我覺得這個臺詞在哪裡聽過。

他繼續，「直到失去後我才追悔莫及。如果一切可以重來，如果一切可以重來。」

我覺得你《西遊記之月光寶盒》真的看太多遍了，完全詞窮才會說這些話。

我看著他，他就盯著我的那杯咖啡，然後再看著我。

他說：「老闆，你想要聽我的悲慘故事嗎？」

我誠實的說我不想。

他說：「是這樣的，我在外面認識了別人，然後就……失去了別人也失去了她。」

我強調我不想聽，而且這故事還滿渣男、滿欠揍的。

他說：「當她把東西搬走，我就知道一切都結束了，一切都完了。如果一切可以重來……」

我繼續整理收店，沒有特別理他，他就自己在那邊碎碎念：「喜歡一個人需要理由嗎？需要嗎？不需要嗎？需要嗎？」

完了，他真的壞掉了。但這樣也很好，讓他自己好好反省，別讓周圍的人受傷，實在太麻煩了。

我整理得差不多，開始拖地。

他說：「掃地只不過是你的表面工作，其實你真正的身分是一位情商高手。」

喂！別再來這種臺詞了！

他舉起那杯咖啡，一次全喝完！彷彿要跟過去的自己告白。然後看著我說：「還有巧克力嗎？」

我說：「沒有了。」

他離去，說這杯咖啡他忘不了的。這醫治了他的傷痛。

隔天上午，耽美作家打電話來：「開鐵門！」

「我們下午一點才開門啊！」

作家說：「你以為躲在這裡我就找不到你嗎？沒用的，你那樣拉風的男人無論在哪，都像黑夜裡的螢火蟲那樣的鮮明、那樣的出眾，你那憂鬱的眼神、稀疏的鬍渣子、神乎其技的咖啡沖法，還有那杯 Lemon long black，都深深的迷住了我。」（以上致敬《國產凌凌漆》。）

我說：「我就是美貌與智慧並重、英雄與俠義的化身——三咖啡老闆。」（以上致敬《唐伯虎點秋香》。）

作家說：「所以那位長相如何？」

「確實長得像是年輕版本的周星馳。」

「你用了你最大的力氣救贖了他，恭喜你。」然後她說她也要喝那個 long black。

我提醒她，沒有分手喝的話，會受不了的。

她說需要這個味道，她需要這個刺激，她極度需要那種男人分手需要被安撫的味道。

一大早，我重複了一樣的動作，冲了一杯她會喜歡的味道。

她打開了電腦，開啟 Word 檔，然後準備細細品嘗那種不可思議的滋味。

她喝了一口，大笑三秒；再一口，流了眼淚；然後再一口，再一口，再一口。

那種五味雜陳的味道，在她腦海中不斷演練。

她一邊感動，一邊寫稿。

她突然寫到了高潮，說：「那個讓人興奮的巧克力呢！」

我說：「沒有了，那個巧克力沒有了。」

她失控，開始大喊，用力拍桌子說：「我要那個巧克力，那個讓男人下半身興奮的巧克力！」

在我眼前的，已經不是一位作家，是一頭「人擋殺人，佛擋殺佛」的野獸。

22 菊花枸杞茶

一位大約四十多歲的姐姐來三咖啡訂兩人位。我認識，她說白了就是要來相親。

她在電話中說：「這男的據說人長得高，個性也不錯，只是木訥了點。麻煩幫我安排一個安靜的位置。」

我說：「呃，那天訂位幾乎全滿，很多客人，會有點吵雜，還是你要改換去別的地方？」

是的，我正在努力推掉，因為她是一位什麼都會嫌棄的人；一下嫌我咖啡不好喝，一下嫌冷氣太涼。她的嫌棄能量滿滿，讓我倍感壓力。

但是她喜歡，這是她的自信來源。

不過，電話另一頭的她，有點溫柔。

她說：「沒問題，在你這邊我比較定心，有安全感。」

欸？不對，這絕對絕對不是她會說的話！發生了什麼事？

她傳訊息說，其實她很害怕相親，已經四十歲了，再嫁不出去就很難有機會。

我說不會啦，你有智慧、有姿色。

她大笑說沒錯。

我倍感壓力。

她拚事業拚得太用力，有房、有車、有資產，把家人的貸款全還清了，所以一直沒有談戀愛，但是小狼狗倒不少……

我認識其中的一位小狼狗，真的就是大學剛畢業。當時我還開玩笑問她真可以吃得下去。

她認真的回應，到今天我還記憶猶新。「這才是男女平等！」

以前的她還會說：「嗯，女性就要獨立，女人根本不需要結婚……」然後狂罵三字經很是痛快。

她進了咖啡店。現在的她，嬌柔的站在我面前。「你看我現在穿這樣可以嗎？」

從來不穿裙子的她，穿了白色短裙、白色高跟鞋。她這個羞澀的樣貌已經嚇怕了現在的我。這位姐姐您是哪位？

她看到我沒有回應，用力瞪我。

我說：「好看……」是真的好看。

她上淡妝看起來還是三十初的年紀。

她放棄了女強人的身分；她有來自內心的渴望，想要依賴男人。究竟是何等物種可以駕馭得了這位猛獸？所以今天她這位對象，真的 hold 得住她嗎？

耽美作家也在。她正煩惱沒有材料，她嗅出今天會發生有趣的事。

呃，我必須安排兩位離得越遠越好。

我安排作家到比較遠的角落位置，她正研究著一本ＢＬ書，滿臉一副全世界的直男都可以掰彎的使命臉。

我一轉身，有點疲憊，作家突然出現在我身旁。

她雙手交叉。「你今天怎麼鬼鬼祟祟的？」

「……沒有啊。」

作家死魚眼看著我。「嗯……」

然後她慢慢走回位置上。

修但幾勒，你怎麼有辦法邊看著BL書邊觀察我？

姐姐坐在位置上滑手機。「既然我先到了，哈哈，那我先點個什麼等他好了……」她看看菜單，思考中。

她說：「菊花枸杞茶……會不會……？」

我說：「建議不要。相親別喝那個，這暗示你有點體虛……」就是會給人你很需要進補的感覺。人類的直覺很準，要小心。

她說：「哈哈哈，對對，那就熱拿鐵好了。」

正確選擇。適合優雅大方的你。

然後她開始緊張，看了看自己全白的裙子。平常都是挑弟弟的女王，這次不知道會不會兩情相悅呢？

她強調不在乎對方有沒有房、有沒有車，只想要一個愛情。

我是不太相信你的強調啦，越強調代表你越在乎。

我上了熱拿鐵，拉花是可愛的小愛心。

一位先生到，嗯，就是這位，短髮，有精神，棕色西裝外套，視覺年齡三十五歲。啊，不就是我這個年齡嗎？

不過感覺外貌條件很好耶。

他來赴約，然後點了菊花枸杞茶。

蛤？

相親就別菊花枸杞了……

我撒謊說：「……有菊花沒有枸杞。」

他說：「菊花茶也可以！」

「本店有曼特寧、耶加雪菲……」

他堅持，「菊花茶謝謝！」

呃，好……

然後他往姐姐的位置坐。兩位互相寒暄，第一次聊天。

我送上了菊花茶。為了不單調，還附上蜂蜜……

我看了一下姐姐，她很緊張，越緊張越代表他是她的菜吧。真是恭喜她了。

她說：「我平常喜歡看書，去看展覽……」

騙子，明明就是泡夜店的。

一瞬間，旁邊被擦撞一下。作家說：「不好意思，呵呵呵……」她拿著電腦往旁邊的位置坐，眼鏡的反光發亮。

作家觀察到了我的觀察。那本BL書《強制撩男》放在一個顯眼的位置。肯定是故意的……

作家眼睛發亮，開始敲字。她要挑戰不可能嗎？她難道想要掰彎正在相親的這個男人？

姐姐說：「欸，你喜歡菊花茶嗎？」

他說：「是啊，喝菊花茶身體會很舒服。」

她笑笑。作家也笑笑。

作家為什麼笑我大致知道，但我笑不出來。

然後她們開始簡單的聊。四十歲的相親果然不一樣，直接聊到是否有房有車。

修但，姐姐你不是說好不在乎嗎？

他說：「抱歉，現在還在租房子。您呢？」

她說：「呵呵，現在兩棟，快還清貸款了。」

啊啊啊啊，別這麼誠實啊，這樣男方的壓力很大啊。她繼續問有車嗎？啊啊啊啊，別這樣問男方啊。

作家：「嘻嘻。」

他回答：「抱歉，我平常都是公車捷運的。」

姐姐說：「呵呵，沒事，我有兩輛……」

啊啊啊，將軍了。拜託就算是賓士也別說出來。

她說：「很便宜的車啦，打算賣掉……想要環保點坐捷運，這樣在臺北市比較方便……」
欸！不錯的回答，滿分啊啊啊。看來姐姐很喜歡這位先生。
作家麻煩你敲字小聲點。
作家：「嘻嘻嘻嘻嘻嘻嘻……」
姐姐說：「把車賣掉的錢，可以全買二三三〇。」
他說：「呵呵，那你不就是我的小老闆了。」
啊，這位先生是台積電的？
欸不對啊？那他不開車怎麼去公司上班？
他們聊得很合拍，後來男生先離開，姐姐留下來。她虛脫在座位上直說好緊張，養個弟弟也沒有這麼累……
我說：「那你就養弟弟好了。」
她說：「不，我要有肩膀可以依靠的男人。」
「好吧……」
她就離開了。
作家很滿意三咖啡的服務，她說她寫了男人與男人的女兒之間的相親故事，因為女兒去世結果爸爸就跟男人結婚的悲劇。

你究竟有什麼辦法在那麼短的時間內寫這什麼狗血八點檔啊？

然後她也笑嘻嘻的離開了。

當晚，姐姐發訊息給我，說他們交往了！

我回了個恭喜。

過了一個禮拜，天氣很冷，我泡了菊花枸杞茶準備喝。這時姐姐發訊息來說：「分手了，等等安排新對象過去相親。」

「也太快了吧！」

好可惜喔，那位先生還滿靦腆、木訥、老實，也不會吹噓誇大。

內心正覺得可惜，喝個幾口，嗯，菊花茶真的很溫暖。

聽到 LINE 的訊息聲，我點開。

她回：「對，他太快了！」

……我放下，我手中，這杯菊花茶。

正港老闆咖啡 Part 3

這裡會越來越精彩，
你的光顧，會有一個剛好距離，
讓你跟我都很舒適。

謝謝你讓你的靈魂，觸碰到了三咖啡……

23 我爸爸

有一種存在叫做我爸爸。

跟別人嚴肅的爸爸不太一樣。我爸爸比較像我媽，柔中帶剛偏感性，而且各位所感受到的幽默感應該是繼承了我老爸。

我父親會跟家人撒嬌，創造我們家獨有的喜怒哀樂。

很幸運的是我爸爸還活著，我二十一歲時，老爸罹患胃癌。一般來說活不過五年，但是全家禱告、拜佛、減壽命，他現在活蹦亂跳的。

做完手術時，醫生說零期，代表可以不用化療算是痊癒了。運氣很好。根據統計學，機率是百分之五。

做完手術後，我說：「爸，你還活著！」

爸說：「是啊，拎北還活著！」

我會加倍對你好！

這也許是為何我會從國外回家，繼承了老爸的工作，順便開咖啡店的原因。

重點來了。我爸爸是咖啡上癮者，喝很甜且高咖啡因的罐裝咖啡，一天好幾罐。

我說：「老爸，不要喝罐裝咖啡……我們自己開咖啡廳的，你竟然不喝？」

爸說：「那好吧，給我一杯加很多糖的拿鐵。」

「好！」

我就很興奮的弄咖啡給老爸。每天一大早我會提前做好，讓我老爸帶走。咖啡一上車，我就很開心，心滿意足。

客人說好喝或不好喝，對我來說沒那麼重要，但是我爸會喝的話，我就開心飛上天。

是啊，我老爸還活著，所以我要加倍對他好。

但是有天，我發現了晴天霹靂的消息。我老爸不但沒有喝完我的咖啡，甚至拿給別人喝，而且還偷喝罐頭咖啡。

是怎樣？罐頭咖啡比三咖啡好喝是嗎？我是你兒子耶！

就是那種你精心為一個人做晚餐，後來發現那個人不但沒吃，而且還在外面吃麥當勞的那種不爽。

老爸到家，我雙手交叉，不開心。

「爸，我發現你都沒喝我的咖啡。」

爸緊張，「兒子……你你……怎麼發現的？」

「為什麼？罐裝咖啡比我沖的好喝是嗎？」

爸低頭，「是的，沒辦法，這不是我習慣的口味……」

不習慣？那你天天喝不就習慣了嗎？那種罐頭咖啡到底哪裡比得上冠軍咖啡豆現磨出來而且還是我親自手沖？我不懂！！！

爸說：「咖啡因太低了……」

我超兇，「所以才不會讓人心悸啊！你心臟不好不應該這麼喝！別忘了你是癌症倖存者！」

啊……我過頭了，癌症這個詞是禁語……

爸爸泛淚，快哭出來了。

我愣住，我剛剛在幹嘛？

我以愛為名讓我老爸受傷……我明明說好爸還活著，所以要加倍對他好。結果我只是一味的……反而讓他更難過了。

我道歉：「爸，對不起，我不該太兇……」

爸情緒低落，「………」

我妥協。「你就繼續喝罐裝咖啡……」

老爸紅著眼睛看我。「……真的嗎？」

我說：「你好不容易活下來了，就應該好好享受生命的每一刻。我不該剝奪你的幸福。」

我爸就笑笑，說有這個兒子真好！

是啊，你現在還活著，那就三倍對你好吧！

對家人的好，真的一刻不能等。

老爸偷看我。「……那……檳榔呢？」

我崩潰。「那個會口腔癌！休想！！！」

三咖啡平常的晚上，老爸再次闖入，帶點怒氣。

一般這個狀態，都是爸爸跟他那群老朋友聊天，聊到什麼難過的話題，要討拍的那種。

爸說：「有一件事情要跟你講清楚，很嚴肅！」

我疑惑，「哦，什麼事？」

老爸說：「我老了不要住養老院，我要住家裡！」

果然，估計是聽到某長輩說有關不孝子丟爸爸進養老院的故事。

我看著他說：「好啊，可以啊。」

老爸眼神嚴肅，然後說：「我要跟你一起住，我跟定你了！」

「可以啊，老爸，這就是長子的職責啊。你就跟我一起住吧。」

老爸頓住，他好像得到他畢生想要的答案，他感動了，眼眶雙紅。

我加注籌碼繼續說：「我會讓你吃好的、喝爽的，帶你出去玩爽，把你給寵壞像小孩一樣，讓你精神受不了不要不要的，寵你像寵我的女兒一樣！」（如果我有女兒的話……）

我要三倍對你好。

老爸感動到虛脫，他說：「我……我還要……」

老爸話還沒說完，我心電感應的回他：「我還會安排性感穿黑絲襪女傭服侍你。」

我跟爸爸都是大色狼。

老爸淚崩，突然抱住我。我也有點嚇到，沒想到老爸反應這麼大，估計是覺得培育這位帥氣又有氣質的兒子真是養對了。

「兒子……我好感動……」（他抱得有夠用力的。）

是啊，老爸好不容易才從癌症死神手中搶救回來，只要還活著，當然要加倍對你好。

爸鬆開手，拿紙巾，擤鼻涕，還處在那個自我感動百分百的狀態。

我說：「然後等你不記得你是誰或你在哪裡的時候，就會送你去養老院。」

某天晚上，老爸穿著睡衣進了咖啡店，看著我說：「兒子啊，我剛剛……有洗澡嗎？我忘了……」

我放下手頭的事情，驚恐。

爸爸繼續說：「我最近好像忘東忘西的。」

然後我泛淚，看著不知所措的爸爸。爸爸吞口水，很緊張。

奇怪，我們家有失智的基因嗎？

我說：「你會不會把我給忘了？」

老爸低頭繼續說：「把拔我真的老了……」

我很緊張，不知道該說什麼。準備要抱老爸的時候，老爸說：「沒啦，我剛洗完澡順便來咖啡店嚇嚇你，我們家基因這麼優良，怎麼可能會失智？」

有一天店裡很忙，我一直在出杯，老爸突然奔放如跳舞般進來。
爸說：「兒子在幹嘛？好想你啊。」
等一下有二樓的客人要兩杯拿鐵，還有一樓有三杯外帶，旁邊還有另一個客人要點餐，再過半小時會有另一個人要來面試。
「兒子，你在幹嘛？」老爸繼續盯我，看我忙。
啊，老爸在對我打招呼嗎？
老爸速速離開，走到我媽旁邊，在遠方嘆氣小聲碎碎念。
「老婆，兒子還是小時候比較可愛……我放棄了。」
喂！爸你故意的，那麼遠，我都可以聽到！

有一次在咖啡店忙累了，回家休息時，老爸飄進我房間，但我正在耍廢看影片。
爸說：「你這裡有什麼好吃的？」
然後看到我的零食，就直接抓起來。
「爸……這個……」

爸說：「這個什麼這個，我養你這麼大連零食都不分我一點嗎？」

「爸，不是這個意思……」

「什麼不是這個意思？到現在連個孫子都沒有，連零食都不給我吃了是嗎？」

老爸把兩件事弄成一件事談也滿厲害的。然後他看一下我的零食，發現是蚵仔煎口味的薯片，說：「呵，蚵仔煎，配我的啤酒最好。」

正準備撕開來的時候，我就說：「爸，那是辣的……」

我爸其實是個連胡椒粉都怕的真男人。聽到是辣的之後，他短暫停頓兩秒，然後默默放下，默默回他的房間，彷彿一切都沒發生過。

對，那不是重點，重點是我很日常的又被催了。

很高興可以寫這麼多有關我父親的日常，我父親常常都跟我說不要寫他。但我還是忍不住，想多寫一些。

我想要將父親的味道多留一些在我生命的任何角落。

父親得癌症那年，全家都在為他着想，媽媽不斷說爸爸是真愛，不斷跪拜天公希望可以折壽一部分給父親。

每一次我爸生氣的時候，我就是會用力的、好好的抱抱他。

我知道我爸爸為我好。他其實滿不希望我開咖啡店，因為他認為我可以有更好的發展。

真希望有一天，他可以親口對我說，幸好你開咖啡店。

家人，能持續活著，並健康陪伴，是最奢侈的幸福。

24 三咖啡除夕夜

曾經有一位A員工除夕不回家，他說沒有家可以回。

我問：「你是……不想、沒辦法，還是不能？」

其實我很意外的發現了這三個詞一旦連著使用，就可以瞬間迅速瞭解一個人的狀況。

他搔頭說：「對不起老闆，我是沒辦法。」然後繼續說；「媽媽在精神病院，爸爸有新家庭……」

我倒吸一口氣……安靜了，並沒有追問，不方便知道太多。

他問說除夕那天可不可以留在三咖啡，他可能想一個人過。本來想提前關店的我，直接說好。

別難過，我很願意留下來陪你，畢竟我住在家裡，對我而言，我天天都是除夕夜。

他聽到可以留下來，全身放鬆，不知為何開始對我說家裡的事。我聽完後，資訊太衝擊，精神跟不上。為何他媽媽會在精神病院，為何爸爸有了新家庭，這種錯綜複雜如同八點檔的劇情。

餐飲業，難免，會遇到這類型的員工。他們更多的沒辦法，讓他們只好選擇獨立自主。

我說：「那你……要不要跟我們家人吃飯？」

他說他很樂意，但不太方便，他覺得這樣會打擾到老闆的隱私，他壓力會很大。

我比一個OK手勢。真是個好孩子，非常懂事。

我不再追問邀請他了，畢竟那是禁忌領域。有一些人，就是不想要讓別人知道他過得不好。

如果你創業，身為開店的老闆，你會認識到有一種員工，沒辦法過除夕。不是所有人的家庭都是如此美滿的。會有人，在家庭破裂的狀況下被迫孤獨，而除夕夜，對這種人很傷。

當天下午，有位很久不見的B客人來三咖啡拜訪，點了杯熱美式，笑笑的說他交了女朋友。

拜託，你交女朋友不干我的事啊。

他說：「我女朋友要下南部。那你除夕要幹嘛？」

我說：「跟家人吃飯啊，然後就去睡覺。」

對我而言，這就是一個很平凡的時光，除夕夜是一個不太能做什麼的夜晚，只能強制跟長輩聊天，並且被強迫聽一些不太想聽的教訓。

B安靜喝著他的熱美式，慢慢的說他不過除夕夜。

我問：「你是不想、沒辦法，還是不能？」

他笑笑說是不能，然後喝幾口咖啡來緩和氣氛。

B先生的父母已經見了天使，原因沒有說，所以沒有可以過除夕夜的機會。未來也不會有。他已經度過這樣的除夕夜好一陣子了。

這個對我打擊有點大，因為陽光燦爛的他，原來有這樣的一面。
我問他要不要來我家吃飯，他猶豫一下也說算了。
他這次拜訪，其實是想問我除夕夜那天晚上要不要一起吃飯？或者是來三咖啡做菜給我吃？他的廚藝很好。
我大笑說，怎麼會認為我那天有空呢？
B喝著他的咖啡，回說是單純有個預感，覺得三咖啡也許會發生點什麼。
A聽到了我們的對話插了進來，提議舉辦一個小型派對。
B興奮，他要加入。
親和力夠強大的你，如果朋友夠多的話，會發現有一些朋友不能過除夕。
不是所有人的家庭都是如此美滿的。他們是沒有父母的一個人，我們也許早晚都會有這麼一天。
電話響，我的A員工接電話，他說是三咖啡的前員工C先生，問三咖啡除夕夜有沒有活動。

我死魚眼。「你幫我問他……他是不想、沒辦法，還是不能？想幹嘛啦？」

C先生在電話中說他不想回家，想來店裡晃晃。

A員工說：「那你現在立刻快點來！」

掛了電話，A員工跟B朋友笑笑，又多一人可以一起過除夕夜。

沒多久，C先生到了……他用跑的來。

好吧，身為老闆，你前員工夠多的話，而且你如果對員工夠好的話，會有一種前員工很想來前公司探望你。

所以……沒辦法的A員工，不能的B朋友，不想的C前員工，三人就策畫著如何開心過除夕夜。

好溫暖的景象……伴著咖啡香。

沒辦法的員工透過FB及電話，找到更多沒辦法的。

不能的找了更多不能的，有幾位是孤兒院位在南部的。

不想的也找到幾個不想的。

Finally，那天晚上的除夕夜，有十來人，充滿著沒辦法、不能、不想的，舉辦了家庭小派對。

大家開了啤酒，唱著歌，吃著炸物，互相給了紅包，好暖和，好暖和。除夕夜，就在某種層面上讓我認識到了新的過節方法。

確實，如果沒有溫暖，那就共同創造溫暖。

共同創造溫暖，或者對待員工如同家人，我其實很常聽到，也聽到很多老闆這麼管理員工。但，如果沒有辦法有辦法一起過除夕夜的話，那單純就是一個口號，沒人想戳破。

當你能夠很確實的在除夕夜開放員工加入，相信在他們內心深處，已經認定了這地方是一個家。完全不用多餘的解釋，不用每天說彼此是家人，口號都會是多餘的。

他們吃了炸物，喝了酒，異口同聲喊了我爸爸。

你們供三小。我才三十五歲。

自從那天大家一起聚集開始，之後的每個月都很有趣，大家很自然的約在三咖啡，隨性的下班後聚集。有的幫忙打掃，有的幫忙介紹女朋友，有的就互相當心靈導師。

與其說是朋友及兄弟，比較像是有了一個新的歸屬之地。也有點像是，年輕人專屬的里民服務中心。

大家互相學習，玩桌遊，很扎實多了幾位家人。

A後來離職了，要去更大的舞臺，但他說還會再回三咖啡玩。大家都說恭喜離開三咖啡這個慣老闆的魔掌。

喂！你們都很沒有禮貌！

ABC說，他們還要一起過除夕，爸爸要負責。

這個新責任，有被暖到。

二〇二三年的除夕，我興高采烈打電話給廠商訂很多很多包炸物，有炸雞塊、炸魚塊、薯條好多包，再來更多洋蔥圈，廠商有點傻眼。

我也提前發訊息給ABC說記得哦，要一起過。責任該到位就是要到位，不能馬虎。

後來，他們各個回了訊息，沒辦法的A員工說他交了新男朋友，所以除夕要跟他男友及男友的媽媽一起過。

我說恭喜你們。

不能的朋友結婚了，一不小心的懷孕，讓他很迅速的結婚。他要跟老婆的家人一起過除夕夜。

我說恭喜你們。

不想的C前員工因上次沒有回去被狂念，而現在被迫回去南部跟家人過。

我說你活該。

他們的除夕夜正在變得更好。而身為擁有新稱號爸爸的我，正感受前所未有的極度孤獨空虛感。

廠商敲門，抱著一箱箱的炸物進來，看著我喊恭喜發財。

25 老闆要懂人性

「外面……是不是很不景氣……？」一位頭髮半白的老阿姨很緊張的看著坐在對面的西裝老先生。老先生也差不多年齡。

老先生說：「是的，所以要好好學OPP（直銷創業說明）！我來教你……」

阿姨緊張的說：「沒工作兩年了，拚不過年輕人……家裡存款很緊張，要過年，需要點家用。老頭子住院，我很害怕錢會用完……」然後微笑說：「但運氣好能遇到你幫忙……」老先生也笑笑。

我今天沒班，剛好坐在旁邊看書，而我很替阿姨緊張。這阿姨比我母親再年長一點。

我心疼了一下，內心祈禱阿姨拜託別聽啦快回家！

兩位都是點最簡單的美式咖啡。

老先生繼續自信的看著阿姨。「是啊，只要你再介紹八個人……你就能……，是不是很簡單？」

他拿出平板，介紹名人說誰誰誰成功、多久成功。阿姨的眼睛……有光。

她認真說：「我在尋找我能做的，長期穩定的。」她嘴角上揚，正在喚醒內心深處的期盼。

老先生認真回：「機會要把握好……相信商品。」

不行，超不爽，我難過到聽不下去，書也看不下去。

我看到一隻狼盯著一隻瘦弱的母羊。

嗚……

老先生拿出了合約，阿姨猶豫著，突然臉紅說：「我好害怕跟朋友說……我不敢讓我兒子知道我買這麼多……」

那就對了，阿姨別做了離開吧！這夢想不適合你，不要貪心，請回去好好思考。

阿姨中途發抖緊張，不過想到這是她這年紀還能夠做的事，她就簽名了。

狼勝利。

阿姨不會英文。「P要怎麼寫？PV……」她很努力的學習單字，「O……P……P……」繼續慢慢寫。

老先生有耐心的說：「你的p寫反了，寫成q了。」

阿姨害羞。「拍謝……」

阿姨努力慢慢寫，「PV……OPP……」

老先生微笑鼓勵著：「你這麼努力，你的兒子會感謝你。」

阿姨笑笑，「我不能被小看，要努力學習找下線，給兒子和住院老頭好日子過……」

嗚……

阿姨學完就離開。留下了老先生。

老先生的臉垮下來，喘口氣，放空望著蛋糕櫃，喝小口咖啡。

沒多久，來了一對年邁老夫婦，老先生立刻微笑興奮，劈哩啪啦講商業模式，也講了句外面不景氣所以要努力的話。老夫婦很努力聽寫。一張白紙，慢慢寫，寫到滿。

老夫婦倆很有成就感。老先生也是。他們說一段感謝的話就離開了，老先生也有精神的說再見。

員工其實中途有示意我說這對老夫婦並沒有點到低消。我揮揮手表示算了。員工點頭理解。

如果做直銷但不點低消，大致上，嗯……

老先生坐了一個下午，閉著眼睛，喝了整個下午最後一口咖啡。

他向吧檯要熱水，熱水壺裝滿。

我的員工看著我，我也看懂，因為這是這位先生第三次裝水，不可思議的節省。

他坐著休息，放空望著蛋糕櫃裡的蛋糕。他是想吃吧。

他紅著眼，接著泛淚。最後他沒買，離開了。

對不起，我說錯了，他不是狼。

他也是一隻正在奮鬥努力且飢餓的羊。

是這社會病了。

某個大白天，門口停了一輛法拉利跑車，一位戴墨鏡的先生走了進來。他自帶BGM類似賭神那樣。

我說：「您好！請問有訂位嗎？門口這樣停，小心會被吊走喔。」

他沒理我，直接找個地方坐下，後來有人陸陸續續進來，坐在那位墨鏡先生的位置。後來才知道他是某直銷公司的某雙鑽。

大家都來聽他的夢想OPP，但是他說話很大聲。

嗯……算了……

然後有幾個人哭了，說相信產品，激動流淚。他們很感謝蛋白粉和飲水機。

墨鏡先生不知為何，很不自然的走到我面前說：「你……想要財富自由嗎？」

本身就是睡到自然醒且身為老闆的我，單純只是缺員工來洗杯子，我是看起來很寒酸嗎？

我很含蓄的說：「謝謝你！」

墨鏡先生拿下眼鏡，「你……這樣……」他用手指頭指著在場這些客人，「還能賣多久呢？」

嗯，要被激怒了。

墨鏡繼續說：「可是你外型那麼好，做這家爛咖啡廳的店員太可惜了吧，我邀請你陪我們繼續坐下來聽OPP吧。這可是你千載難逢的好機會喔。」

聽完後我理智線斷了。

後面我就忘了，我只記得他的車被吊走了。而過了幾年，他的車，不再是法拉利了。

有關直銷，我是發自內心的感謝，但是你只要看久了，那是一個有血有淚的團體。

而只要你想要開咖啡店，你第一位的好友們，必定是直銷團體。首先他們會很樂意跟你交朋友，而你確實會很需要跟他們做生意。

後面的第二步就是，你很自然成了下線，而且有很高的機率是，你會花時間經營直銷到你忽略了本業。

身為一位稱職的老闆，我已經接觸快十種不同的傳銷公司，並且也參與過其中四家。裡面營造的氛圍確實很讓人享受，卻也會讓你迷失方向。後來我就淡淡退出，不過從中也獲取了很多寶貴經驗。

法國群眾心理學的經典著作《烏合之眾》（*Psychologie des foules*）中有這麼一段話：

群眾從未渴求過真理，他們對不合口味的證據視而不見。假如謬誤對他們有誘惑力，他們更願意崇拜謬誤。誰向他們提供幻覺，誰就可以輕易成為他們的主人；誰摧毀他們的幻覺，誰就會成為他們的犧牲品。

黑料總是比澄清更深入人心。

與其跟他們說直銷不好，我覺得陪伴他們一起，讓他們享受人生的樂趣，才是真的開心。

身為咖啡店的老闆，要懂人性。而人性真的很脆弱。

26 濾紙

曾經一個月才舉辦一次的咖啡手沖課，費用一百元，不單純是介紹咖啡，更希望能讓客人先踏入這個神奇及複雜的味覺領域。

就因為是一百元，很多客人報名。

我並不會推銷咖啡豆，就只是純交個朋友。加了個LINE，但久久不聯繫，也會自然退出。

退出群組沒什麼不好，反而是一種很優質、乾淨、不拖泥帶水的關係，像極了手沖咖啡。

無意間，我發現有高手，愛喝手沖咖啡，不只是在乎文化，而且很在意一種乾淨的味覺。

乾淨，不油膩。如同茶，可去油。

乾淨的味道，必須純粹、清楚、分明。檸檬草香就是草原感的檸檬草，巧克力香就是剛從可可亞烤出來爆香，茉莉花香就是要茉莉花剛綻放的瞬間。各有各的特色，各個特色發揮極致。完美的果香滋味，必須柔和綜合成一體。清楚的滋味，自然就高貴。

所謂的價格，就是味道越清楚，味道越分明，就越貴。

口感要再細膩，水質更是要求。而這個身兼大任的主角，就在「濾紙」身上。一個毫不起眼的濾紙配角，如同一位讓男女朋友相遇的關鍵路人甲。

少了好的濾紙，味道全毀。

濾紙有白的，有棕的；有圓錐形，有平底的，還有不鏽鋼的濾網。選擇屬於自己的濾紙或濾網，很吃你的個人特色。

我舉起不鏽鋼濾網，那是很常重複使用的材料。「因為鋼濾網只能過濾咖啡渣，但是不能過濾咖啡的油脂，所以如果你喜歡口味重一點，鋼的就很好。」

「如果你喜歡如茶一般的無油脂感，可以選擇合適的濾紙。」

「市面上的濾紙，大約一塊錢一張。」

一位客人舉手發問：「我還是不太懂怎麼區別，為什麼義式咖啡機不能做手沖咖啡？」

一百元的課程，就是要讓你問到爆。

我回：「是，簡單來說，你看到的市面咖啡廳的咖啡機，大多是壓力最大化的把咖啡的油擠壓出來，所以一杯咖啡，有滿滿的油脂。」

我笑笑。「咖啡因是脂溶性和水溶性，所以那滿滿的一杯有很多咖啡因！」

另一個客人說：「所以手沖咖啡就是將油脂降低……？」

「是的，就是最大化的將油脂降低，而濾紙不只是過濾咖啡渣，還能吸油！」

在場的客人就「喔喔喔喔」的學到新知識。

我也提醒那些如果喝咖啡容易心悸的朋友，喝手沖咖啡就好，因為咖啡因已經減弱到幾乎快百分之五十了。

我說：「跟人生的態度一樣，有人喜歡一切簡單分明，不要有油脂的，所以一切從簡，去油，喝出純粹的味道。……這就是為什麼手沖咖啡那麼受歡迎。」

學生就繼續「喔喔喔」學到新知識。

嗯，多學學，這樣未來客人可以多買豆豆，多玩豆豆。畢竟豆豆真的很好玩。

我讓每一位客人碰觸熱水，了解熱水，這些都是一個手沖很關鍵的知識點。用生命去感受咖啡，就需要直接操練，去玩，去品嘗。

有一位先生大約五十多歲，跟他小聊一下，他不避諱的直說，他早就花了不少錢去不同咖啡廳學手沖，他專門來三咖啡再學一次，是希望可以獲得更多更廣的角度認識咖啡。

他說：「聽說這裡學手沖咖啡很容易聽得懂。」

我說：「不用客氣，我們這種一百元的課程，玩玩開心就好……」

他說：「我花了四、五萬元學手沖……」

這句話讓在場學生都感覺賺到了。但對我而言，那不是錢的問題，重點是你喜不喜歡、想不想要讓手沖成為你的生活，而不是成為壓力。

我說：「來，濾紙，弄溼它吧！」

他問：「為什麼呢？」

我笑，「你應該知道答案吧？」

他回：「不，他們只有說要弄溼，並沒有說為什麼……」

我問：「那你喝過沒弄溼濾紙的手沖咖啡嗎？」

「沒有……」

我快速沖了一杯給他，沒有弄溼濾紙，也讓在場的學生喝一遍。另外還有一杯弄溼濾紙的，讓在場的學生也都喝一遍。

我問：「喝得出區別嗎？」

他們搖頭，都喝不出來。

他們又小心翼翼品嘗第二遍，還是喝不出來。對啊，我知道你們就是喝不出來啊。

我說：「其實喝不出來很正常。就跟用市面販售的紙杯喝純淨水一樣，味覺敏銳的會喝出紙漿塑膠味，但對一般人來說沒有區別。」

我繼續說：「所以現階段，不用糾結什麼對與錯，你就先喝咖啡、玩咖啡、享受咖啡就好。」

他說：「原來這就是弄溼的必要性，去掉紙漿味。」

我回：「更正確來說，是要用水。多次用水沖濾紙好幾遍，充分讓味道洗掉。弄溼沒有什麼特別，就是要沖洗。」

然後我用反覆沖洗過濾紙的手沖咖啡給他們，他們就驚豔了。

「味道好清楚。」

「欸，沒有雜味！」

「真的耶，茉莉香味就明顯。」

是的各位，這就是清楚的味道。

大家很興奮的寫在筆記裡面。看你們興奮，我也跟著開心。親自動手，親自犯錯，比直接給你答案來得更好。

那位客人問：「請問有速成嗎？」他大笑。他很渴望速度。

我說：「沒有耶，一百元要速成什麼？倒不如很具體的直接坐飛機去咖啡莊園喝他們的手沖咖啡比較實在！」

「蛤？飛機啊！」「好麻煩喔！」「老闆富二代比較可以到處飛……」

我說：「比方說你要喝出肯亞AA和耶加雪菲的區別，就像喝紅茶與綠茶的區別，你喝得出區別，但是喝不出細節，因為那就是兩種不同的品種。要懂蘋果的好滋味，就要吃五種不同的蘋果，而不是用柳橙、香蕉、草莓來認識蘋果。」

他就懂了。

這些類似的問題很多種、各式各樣的，就只是一百元而已。

老闆，你很佛心喔。

我知道。

然後大家都加入了一個專屬三咖啡的LINE群組。很熱絡，但也沒多久就慢慢退出，如同高中數學，你用生命去學它，之後再慢慢忘掉。

之後在哪一個巧合，在某一個角落，在一間陌生的咖啡店，你點了一杯手沖咖啡，發呆著看那店員為你沖一杯精心的味道，你喝一口，就發現：啊！就是這個熟悉清楚的味道！

一股來自內心的熱，讓你想回到那個世界。

你還可以敲桌子兩下，提醒員工說：「這位先生，你手沖的濾紙味沒有充分洗掉喔！」

員工會驚到，發現你應該是箇中高手，開始對你彬彬有禮。

殊不知，你只是在三咖啡，學了一堂百元手沖課程而已。

而且還退了 LINE 群組。

27 腰不好客人多

一睡醒出門，氣候涼爽，我的放假，美好的假期。這是屬於我的假期，沒有人打擾我的假。

我覺得應該要有強制老闆假，政府根本不知道老闆多辛苦，慣老闆多難做。

內心正想著如何狠狠壓榨員工時，不知為何，我的腰，隱隱作痛。

我坐捷運去大湖公園，是的，就是我不夠慣老闆，壓榨不夠多，只能花個捷運錢去欣賞大湖的湖，那白鷺，一對對，真討厭。

走著走著，我的腰有點痛，有石頭進了我的鞋子。

來自慣老闆的直覺，今天有非常不好的預感。

有位媽媽喊著一個男孩，那男孩撞到我的背，我的腰咔嚓一聲。

對不起阿北。然後他就走掉了。

阿北是誰！叫哥哥！

我的怒氣衝到了我的腰部。啊，僵了……不行不行不行，我還是回家宅好了。

我先坐在石頭椅，試圖想要緩解疼痛。

電話來了，來自女員工，我接。

她說：「老闆……我今天沒辦法去，我今天來了……」

我說：「你上次來不是兩個禮拜前的事嗎？」

她說：「我……我這次早來了我怎麼會知道？」

女性員工的聲音溫柔好聽，不會性騷擾異性，唯一的缺點是一個月會有幾天心情不好，甚至痛到無法上班。

我說：「那……男員工？」

她說：「他沒接電話……」

男性員工，有力氣，聲音粗獷，會騷擾女性，速度快、有力，但不常思考，唯一缺點是，該需要他的時候會消失……

我說：「該死，那我來吧！」

她說：「謝謝老闆！你最好了！」

沒辦法，要成為壓榨員工的慣老闆之前，要先能以身作則。

我站起來，嘿咻，一小步一小步走去捷運站。

小男孩說：「媽媽你看，那阿北走路像鴨子。」

閉嘴，叫我哥哥！

我坐捷運到了南京復興站，但走路太慢，直接坐計程車到門口。到了咖啡店，準時開門。

嘿咻嘿咻的走進去，開了鐵門，就嘿咻嘿咻的走進吧檯。

等一下！我為什麼要這樣？今天不是我休假的美好一天嗎？

我嘿咻嘿咻的收一下桌子，那幾位客人玩寶可夢卡牌都不給我收好，垃圾沒弄乾淨，氣死我了！我嘿咻嘿咻的走到收銀臺。

然後地上，一個拆封的卡包……我盯著卡包……深淵。

我緩緩蹲下，撿起來，發現起不來。我用盡手臂之力撐起自己的重量，起來，呃，好。好累啊啊啊啊。你們隨意亂丟的方便創造了我絕對的不方便啊啊啊！

不行，沒有撒隆巴斯，那先用冰塊好了。

喔喔喔喔冰冰冰。

兩位客人進來，我苦笑說：「您好，兩位嗎？」

客人說：「我們有訂位，十五位！」

哩供三小？十五位！

我看了訂位單，十五位！

他們笑笑，說遇到野生老闆真好，他們訂位時還專門提前問，發現老闆今天休假本來還小難過。

男客人邪笑。「老闆，請放心，今天我會吃爆你們店的！」

不要啊啊啊啊啊啊！為什麼是今天啊啊啊？

我說：「抱歉，我今天的腰不太好，好像閃到。」

他們就噗哧笑，自己拼好桌子，坐好了位置。我鴨子步的走過去，一二一二，給他們菜單，然後一二一二走回吧檯。

場面十足安靜，客人也安靜，哼哼，看傻眼了吧，我可是真的閃到腰，還敢笑。

然後我聽到了相機的咔嚓聲，不要這樣啊啊啊啊！

客人來吧檯，點了兩杯熱拿鐵，好。

他們回去，我開始做。牛奶，放在櫃子下，我緩緩的蹲……拿出牛奶一瓶……不行，得多拿一點，我拿了四瓶，然後用盡手臂的洪荒之力站起來。

呼，好，牛奶有了，做吧。

同一個姿勢就毫不費力。製作、萃取咖啡液、拉花，一杯完美的拿鐵好了。

完成了！修但幾勒，我要怎麼拿過去？

我兩杯放在托盤上，舉起來，一二一二的拿過去。

但是我的腰穩定度不高，拿鐵彷彿經歷了四級地震。

一二，停……一二，停……客人啊啊啊啊請別拿手機拍攝！一二，停……一二，停……

好了，送到了。沒有打翻。

客人沒有笑，對我說：「老闆你辛苦了。」

你能忍住憋笑至少是給我最大的……安慰。

沒關係，你開心就好，給我錢！

接著另一對客人進來，又三對客人進來，再兩對客人進來，又幾位客人進來。

我死魚眼的看著那麼多人。「喔天啊……」

男客人說：「老闆你好，介紹一下，這是我教會的 family……」

你蝦米 family？這也太大的 family 吧！

女客人說：「欸？難道是老闆！」

男客人說：「真的是老闆！」

女客一號：「太好了！我來自馬來西亞！」

女客二號：「啊啊啊啊！（興奮貌）」

男客二號：「我要簽名！」

我一二一二的走回吧檯，客人紛紛坐下，他們竊竊私語，小聲的說：「蛤？什麼？」繼續竊竊私語，然後突然全體大笑。

嗚嗚嗚，他們傷害不高，但笑聲的侮辱性極強。

一二一二拿菜單給他們，一二一二走回去。他們都很不忍心，所以說可以自己來取，不用我親自送。

嗚嗚嗚，你們是天使……

他們點了冰美式兩杯、熱美式三杯、玫瑰奶茶兩杯、冰拿鐵一杯、冰焦糖拿鐵一杯、熱拿鐵三杯，還有手沖曼特寧一杯。

怎麼那麼多組合？你們是故意的！

他們全體看我這邊，那種十足期待我的英勇的眼神……

我這個不爭氣的腰跟不上我英明的腦袋。

冰美式的作法是，走去拿冰塊，嘿咻嘿咻，放冰塊，嘿咻嘿咻走到吧檯。用咖啡機，萃取咖啡液，好，倒入冰水。冰美式做好了。

熱美式作法，嘿咻嘿咻，拿馬克杯，用咖啡機萃取咖啡液，好，倒入熱水。熱美式就做好了。

客人看到做好，立刻前往吧檯取咖啡支援，然後說我一個人怎麼可以做那麼快。

你們遠道而來我就是要用命幫你做出來啊！

其他飲料也按照相同速率做好。幸好提前拿出來的牛奶全部用完，不用再蹲下起來。

電話一響，有種不祥的預感，我不想接，我腰很痛，我今天不想接客人啊。

電話響聲吸引了十五位客人的注意力，他們慢慢安靜看我，對於要不要接電話竊竊私語。他們那個表情，是要看戲的。

我，不爭氣的接了電話。不能跟錢過不去。

我說：「您好，三咖啡。」

客人問：「您好，請問現在有位置嗎？」

沒有。

我說：「有，請問幾位呢？」

她開心回：「十位！」

這是報應！這絕對是我去公園想要如何壓榨員工的報應。

新客人沒多久就到了。

客人說：「太好了！是老闆，好久不見，記得我嗎？」

她的代號小甜甜，什麼都要甜的，嘴巴也很甜。特徵是會點兩杯。

我苦笑說：「你好！」

因為一樓位置不夠，就去坐二樓，我舉頭望玉山，低頭拉拿鐵。腦海已經失去該要的理性，下半身已經不是我的了。

後來我用精神與毅力上了玉山，全出完了。
男員工打電話來，說他可以來上班。我說你快來，我給你加班費。
他立馬衝過來，看著我說：「老闆，你還好嗎？」
我說：「對，我的腰，已經不是我的腰了。」
他私下說：「我前幾天也是如此，老闆你壞壞……」

28 街上的朋友

三咖啡在很久之前有一位特殊的女夥伴，她比較特別，一進來身上有味道，一件破舊短T，穿著很骯髒，頭髮油油，嗯，是街上的朋友。

街上的朋友是，你不知道他們從哪裡來，住哪裡，但是他們很努力在臺北市這邊生活下去，用盡一切所能的方式進行。

街上的朋友一般年紀偏大，身體有許多陳舊的傷口，無法負荷勞動力需求大的工作，又無法去做文書類的工作；沒有家人協助與照顧，只能一身病痛流落街頭。

七成的街友有工作，九成非自願，這是臺灣新聞曾經發布過的。

但是，他們都有一種很認真活下來的心。我們稱之為街上的朋友。比較不一樣的是，她一進來就說想要回收寶特瓶，問我們說之後的寶特瓶、牛奶瓶，能不能由她來回收？

我說可以。

她一聽到可以，笑得很燦爛，露出黃黃的牙及天使般的笑容。其實對三咖啡來說，我們早就請了垃圾車處理。但是多一份給她，感覺挺好的。所以白天時我會請員工先準備好，讓阿姨進來的時候可以拿走。

她都會挑選我們客人不多的營業時間來拿回收物。

阿姨來收資源物的時候，其中有女員工看了覺得不舒服，問我可不可以請阿姨不要白天這樣回收，她說客人看了觀感不好。

這段對話剛好被那位阿姨聽到，她就紅了眼睛說很不好意思，她會等到晚上打烊後再來，然後就離開了。

我很少生氣，但這員工就被我懲處，畢竟不尊重人是我的雷區。

到了晚上，我跟阿姨說白天沒關係啦，阿姨也說沒事，她會晚上來收，因為這樣也方便。

這種撒謊出來的溫柔，就不戳破了。

有次我們員工忘了關廚房的門，她都會幫我們巡一巡，然後幫我們關門，甚至幫我們看看旁邊有沒有什麼可疑人物。

她還笑說：「如果有小偷來，我可以幫忙揍！」

豪爽的阿姨好酷。

阿姨存了錢，會來買咖啡跟蛋糕。我說不用啦，我請阿姨吃。

阿姨說：「你難道不知道最近很多咖啡廳倒閉了嗎？他們倒閉可以，就你不可以。」然後她付了全額。

後來我知道，遇到阿姨，不能請客，不能打折。她會介紹其他街上的朋友來，也不能打折，因為這是對她的尊重，否則她會生氣。

她的這種生氣，好溫柔。

有一天晚上，我看到阿姨不只是回收，還幫我們整理我們的垃圾。她說：「你這員工怎麼都沒有把垃圾綁好呢？這樣子垃圾車會不開心的。」

她在我面前綁好。我很不好意思的說我會好好教育員工。她說：「你知道嗎？把垃圾袋綁好這個細節會讓人更溫柔喔。」所以我開始討厭那些把垃圾拿到外面卻不綁好垃圾袋的人。阿姨改變了我。

有一天，阿姨沒來回收垃圾，好幾天。

隔壁川鍋的老闆跟我說，她回收垃圾時被車撞到，當場去世。一位這麼認真生存下去的阿姨，就這麼脆弱的消失在這個世上。

方舟協會的朋友後來有來，他們主要是在照顧街上的朋友。他們與我聊起天，讓我回想到這個故事。心痛發熱，有難受。

至今，我還不知道這位笑容燦爛像太陽的阿姨，叫什麼名字。

某天，大半夜，我吃完飯想走回三咖啡，就在建國北路、南京東路的交叉口位置被一位衣衫不整的老先生問路。目測之後，我覺得他是街上的朋友。

他說要去林口，我問他為什麼。

他說想去林口長庚見他即將過世的父親。

我問他如何過去，他說他要走過去。

我看了他腳上的藍白拖。就憑這雙要從臺北市走到林口，而且還下著小雨？嗯，是詐騙集團吧。

我再問他一次為什麼要去林口，他說他見完父親就準備去跳海。

好老掉牙的劇本喔，確定了，這位是用同情戰術來獲取錢財的詐騙集團。

本來不想理他，但我就當被騙好了。我無奈的問他住哪裡，我可以親自送他回去。

老先生低著頭說：「我……我其實住高雄，我努力上臺北是……」

幫人幫到底吧。

我打斷他：「你要去林口還是回高雄？選一個。」

老先生泛淚。「我……我想要回高雄，可以嗎？」

我攔住計程車。「可以，上來吧，我送你回高雄。」

別小看我的速度，還有我貫徹到底的心意。騙子先生。

上了計程車，因為老先生味道太重，所以計程車司機釋出不爽的眼神。他用後視鏡跟我對一下眼，暗示我別理這位遊民。

我輕揮手暗示沒事，司機先生就嘖一聲，快速抵達臺北車站。

等老先生下車我還在付錢時，司機就笑我傻。本來一百一十元，司機說算我一百就好。

我陪老先生進入臺北轉運站，老先生呆滯又帶淚的眼神，我故意迴避，盡量不看。

排了隊買好車票給老先生，然後我跟他說：「十一點四十分的車，我親自送你上車吧。」就看你敢不敢上車！

老先生握著我的手。他的手帶點泥，但不髒。「好……小事啦……」

我也握緊他的手。

我問老先生要不要吃點什麼？餅乾？巧克力？牛奶？

他搖頭說：「我不用，謝謝你。我喝水就好了。」

車來了，我再塞給他一千元，說你回家還需要用到錢。反正我就當個徹底的笨蛋。

他上車前，問我有沒有筆和紙。

我說有，然後他寫下自己的名字跟住的地址。他說如果去高雄，麻煩找他，他沒有電話，但想要好好謝謝我。

我說：「好啦，哪天大陸打過來我沒地方去，就去躲你那邊好了。哈哈哈！」

我又說：「還有，別再騙人了……」

他聽到愣住，謊言被拆穿，頭低低的很羞愧。他泛著淚說：「謝謝你，也對不起，我不會這樣了。」

我目送他上車。

他上了一輛車，很可能會在高雄又欺騙某人，然後回到臺北。

一次循環，一次又一次。

我看了三咖啡臉書粉絲頁的留言，看到有網友提到也遇到一位一模一樣的故事。看來應該是同一位。

他一身病痛流落街頭，只能靠一輩子騙人存活下去，是要拆穿他，還是要欺騙我們自己，這是我們永遠的課題。

29 安西教練

我接到一份履歷。

「倫敦大學企業管理碩士？」看著在我面前這位五十多歲的大叔。

我疑惑問他：「所以，你要來面試我們咖啡師的工讀生？」

他陽光的回答：「是的，我最喜歡咖啡。」

我解釋：「其實我們咖啡店不太算是你期待的那種專業咖啡店。是社區型的那種，會有包場活動求婚那種，勞動力滿大的。」

他笑咪咪，沒問題的點頭，像灌籃高手的安西教練。

然後我沒想太多就錄取他了。是的，他成了本店年紀最大的店員，大我快二十歲。

他進來本店，笑咪咪的，帶著很專業的手沖壺，很專業的器具，帶了好多咖啡專業書籍。

他提到他有點年紀了，未來只想找一個簡單沖咖啡、能跟客人開心互動的地方，要真正面對他內心的喜好。對我來說這是工作，對他來說是興趣嗜好。

「老闆，你看，這個是一貫道手沖法。」然後不是那種一般手沖的二段法、三段法，而是直接、一次性倒入熱水沖下去那種。

我張大雙眼，那不符合物理邏輯的手沖法。好炫！

我接過他的咖啡，他笑笑說：「味道超好喝喔。」

喝了一口，確實順口，但個人覺得還好，代價就是浪費。不過……他開心就好。

他預備手沖時，前一刻笑咪咪，但手沖過程表情嚴肅，結束後沖完繼續笑咪咪。欸！帥爆了！

我越來越覺得一個人專注而勤勉的樣子非常能展現獨特魅力。我曾經問過朋友，人在什麼時候最有魅力？朋友說在認真做事時最有魅力，很容易令旁觀者心生愛慕。我當時雖然沒深想，卻莫名對這個結論留下了深刻印象。

原來這就是專業人士所帶來的魅力。而這位安西教練在我面前，簡直帥爆了。

但好景不長，不知道他受到何種氣氛的影響，開始不斷指責我是個慣老闆。

他在員工 LINE 群組上大罵、訐譙我。

一位我很景仰的專業前輩就這樣黑我，讓我很意外。其他員工也都嚇傻眼。

很有意思的是，他要我修正的內容我看不懂。應該說是，他批評我的方式如同憤青批評社會一樣，是我看不懂且毫無建設性那種。

我拿他罵我的內容給幾位顧問朋友看，包含人資公司的幾位老闆。我問他們看得懂嗎？他們都搖頭。

其中一位苦笑說：「哪個小屁孩那麼沒禮貌？他離職不就好了嗎？」

我說：「他五十多歲了，而且倫敦大學畢業。」

我可以看到他臉上的三條線。

其實裝笨的老闆最可怕。我當然知道發生了什麼事，也知道是哪位員工在煽動，但我還滿意外年長我快二十歲的安西教練不但沒發現，而且隨波逐流。

說真的，因為對他保持著欣賞，所以沒採取任何行為（我就爛，大拇指）。

員工和老闆當然有一起的 LINE 群組，所以他在 LINE 群組開始不間斷的侮辱性發言，我因無所謂沒有特別理會，心想他年紀那麼大就算了，還那麼容易被煽動也滿可憐的。

他發現他的辱罵對我毫無作用，開始處處找我麻煩，處處鬧矛盾，也會跟我們美女會計鬧彆扭。他還大罵會計是爛基督徒！當然會計的EQ高，沒生氣，就只是很疑惑的默默飄過來提醒。

會計說：「他怎麼回事？他原先人很好的啊？該不會是被某位員工

洗腦了吧？」

我也點頭，跟我想的一樣，就是那一位。但一個巴掌拍不響，這長輩本身也有狀況。

安西教練私下不斷在員工群組大罵我，看不慣左，看不慣右。不斷念我怎麼這樣慣老闆一直講不聽。我還是持續懶得理會他。但是這樣真的會拉低全場員工士氣，畢竟我真的看不懂他的中文。

所以我說：「那你要我怎麼做？」

他說不出來。然後嘲諷的說：「我寫了那麼多你還看不懂嗎？慣老闆！」

嗯……感覺是為罵而罵。

但是很有趣的是，他對客人極好，即使對我處處不滿，但我知道他是拚搏努力型的人，我對此人的討厭也蓋不住我對他的佩服。畢竟他對咖啡的熱愛是他身上獨有的強烈光芒。

他比我愛咖啡太多太多了。

我不討厭他，但他極度厭惡我。其實我早明白，他不是恨我，他是恨這個社會。他只不過是把對社會的怨恨全部投射在我身上而已。

後來他離職了。我沒有難過，也沒有覺得可惜，只是感覺他浪費生命在這種無意義的事情上。畢竟我還是不討厭他。

有意思的是，離職當天，他仍然當我的面繼續罵。他講到臉全紅，我還是聽不懂，畢竟國民黨民進黨臺灣法律整個大經濟環境跟我沒太大關係。拎北又不是臺北市長。

他全說完了，氣喘吁吁。

我看著他說：「那和解嗎？」

他愣住，一位五十多歲發飆的安西教練被我這句話鎮住了。

他說：「哼，反正你明白了就好，你這慣老闆！」

我雙手張開說：「沒事啦，抱一下結束，別這麼不愉快。」

擁抱這招很有用，然後他主動抱過來。

也許是抱的那一刻他清醒了。算了，無所謂啦。

這場面很令人感動。

餐飲業有一個很尷尬的狀況是，你會遇到各式各樣的人，學歷高或者學歷低的，可以控制自我情緒跟無法控制的。但都會有一個共同點，就是有人會互相包容，而包容一般不是雙向，而是單向的。

如果你在一個圈子裡，如果你找不到一位需要包容的對象，很高的機率，你就是所有人都在包容的那一位，包含老闆。

而這位大叔，年紀很大，難得讀那麼好的學校，反而是我們整個咖啡店都在包容的對象。

有點可惜。很期待他退休後找到一個很適合他的工作。

後續

會計說：「你很讚耶，怎麼有辦法對付失控的安西教練？你情緒控管怎麼那麼強？」

我說：「沒有什麼，我是M。」

臉皮厚者無敵。這是咖啡業裡絕對的生存法則。

他最後還是留在咖啡業工作。

如果他有機會看到我寫的這篇，希望能讓他知道，他冲的咖啡真的不錯喝。有空歡迎來三咖啡坐坐。

30 佛系堅持

有客人點了手沖咖啡，他過來打算錄影拍照。他問說，有什麼辦法可以沖得很好喝。我說因為我把時間都花在手沖上，自然就好。

他不懂。

我說：「就好比你花了很多時間在數學上，你數學就會好。你花很多時間在手沖上，你自然可以感受到技巧。當然如果你將時間花在拉花上，拉花就會好啊。這沒什麼難懂的。」

他喔了一下，看著我手沖。錄完後回到自己座位，認真看回放。看回放的他，彷彿在思考些什麼。

我送上了咖啡在他桌上。他有黑眼圈，我就問他睡得好嗎？

他回答睡不好。

他回問我：「那你睡多久？」

「一天都要八到九小時吧。」

他驚訝，問說為什麼可以休息這麼好。

「就跟剛剛那個答案一樣，平常不讓自己熬夜，睡飽覺，自然就天天睡得飽。你花很多時間好好休息，你休息的能力及品質就會更好。」

他就邊喝我沖的咖啡邊思考，貌似正在掌握技巧。

我彷彿聽到了一休和尚的木魚聲……

他說：「該不會是，所有一切都是如此吧……」

「所有一切？按照這個邏輯差不多吧。」

然後他眼睛一亮，出現了噹的聲音。

他問：「所以人花時間撒謊的話……」

「就會越來越會撒謊……」

他問：「如果人容易發脾氣的話……」

「就會越來越會發脾氣。」

他問：「如果一直思考負面的……」

「就越來越負面啊！」

他問：「應該不是所有一切都按照這個邏輯吧？」

對啊，但說不定有些沒有，要自己去發現。

他又要問：「如果……」

「好了，別問了，就自己去探索吧……」

我走回吧檯。他緊跟過來。

他追問：「如果……？」

我回頭說：「拜託！沒有如果了啦！」梁靜茹感覺要現身了。

他說：「如果我持續追一位女孩，你覺得結果會如何？」

喔……就這……？

「那……結果頂多是你很會追女孩啊。」

不代表任何事情啊……

過了一個禮拜，他發訊息給我，說他追到心目中的女神了。

傻眼……他還發了他們的甜蜜照片給我。

我很想要問他怎麼做到的，最後決定還是放棄，算了好丟臉。

我堅持佛系，相信本人會越來越佛。

女作家進來，我講了故事給她聽，旁邊跟著她的朋友。她朋友的頭髮修長看起來可以代言洗髮精。

作家說：「想追女孩就追啊。什麼佛系，爛死了。」

我說：「誰都可以，唯獨不想被你說。」

「好啦，我跟你說啦，你就臉皮跟你寫文章一樣厚就可以了。」

她繼續說：「這位是我的朋友，你來練習對她說看看吧，對她說我要追你。」

我說：「蛤？別開玩笑啦啦啦，我不敢就是不敢。」

作家翻白眼兩圈。「來，對她說，我想要約你吃飯，詢問加 LINE 總可以吧？現在我就有一個朋友在你面前讓你練習追人，這個絕佳的好機會，怎麼可以拒絕呢？」

我轉頭注意旁邊這位化了濃妝的姐姐，表情疑惑，沒說任何話，然後笑笑的看著我。她頭低低的，害羞害羞，彷彿內心準備好了。

作家說：「我來教你祕訣……」

我說：「不要，一定有問題，一定有問題，一定有大問題。」

那位姐姐頭低低表情很難過，抱歉，剛剛那段話讓她受傷了。

好吧，沒辦法，我只好鼓起勇氣，對她說：「請問，我可以加你的LINE嗎？」

她頭低低的搖頭，示意不要。

作家說：「用力一點，要多一點激情，拜託。」

我轉頭瞪作家一下，然後說我知道。

我深吸一口氣，直接說：「這位美女，從你進門的這一刻起，我一眼就注意到你了，彷彿我們是命中注定要碰面。請問我有這個榮幸跟你吃飯嗎？」

作家看著我，紅著眼，我可以聽到她的心臟在噗咚噗咚跳。是的，那就是她想要的夢幻情節。她打開了電腦開始打字。打三小字啊在這個場合。

然後那位姐姐用兩手捂住她的嘴唇，那種驚訝興奮感，看來她無比的感動。

不是說好只是練習嗎？怎麼那麼進入狀況啊？

等一下，你剛剛是流眼淚了嗎？

拜託，我好歹也是看過連續劇及偶像劇，這件事有什麼難的。

作家邊打字邊說：「老闆，其實你也滿會說的嘛，很厲害，很不錯耶。繼續說下去會變成撩妹達人哦，呵呵呵。」

那位姐姐搖頭，然後沒說話。

作家說：「好，但是她沒說好，這樣可不行，老闆你的強度不夠，再來！再來！」

不知為何，受到作家的鼓勵，我有精神了。「好！」

我繼續說：「我會等你，一直等到你回覆我……雖然不知道多久，只要你願意，我都可以。」

作家興奮大哭。「可以，很可以！」

旁邊的客人開始興奮興奮的，後面的女員工也在看我。

糟糕，現在全店的焦點都在我一人身上，感覺這位姐姐不追下來實在不行。

我再來一個中二動作，單膝跪在她面前，旁邊的客人啊的大叫，然後抬頭。我伸出手，就一副那種「來吧你的手給我，我給你一個非常紳士的邀約」。

欸，等一下，那個是什麼？

我驚恐，發現了一個無比恐怖的事實。

我轉頭，看女作家。「喂！怎麼回事？為什麼他有喉結？」

站在我面前的姐姐原本感動，突然表情嚴肅，開口充滿男人磁性嗓音的說一句：「兄弟，請你專心追我可以嗎？」

他繼續，嬌羞的笑了一下。「我快要答應你了……嗯哼……」

接著全場大轟動。「答應他！答應他！答應他！……」

非常咖啡店

只給你的，人生特調

作者——阿福老闆

主編——林孜懃
美術設計——之一設計／鄭婷之
內頁排版——中原造像
行銷企劃——鍾曼靈
出版一部總編輯暨總監——王明雪

國家圖書館出版品預行編目 (CIP) 資料

非常咖啡店：只給你的,人生特調/阿福老闆著. -- 初版. -- 臺北市：遠流出版事業股份有限公司, 2023.07
面；　公分
ISBN 978-626-361-153-5(平裝)

863.55　　112008646

發行人——王榮文
出版發行——遠流出版事業股份有限公司
地址——104005 臺北市中山北路一段 11 號 13 樓
電話——(02)2571-0297
傳真——(02)2571-0197
郵撥——0189456-1
著作權顧問——蕭雄淋律師
2023 年 7 月 1 日　初版一刷
2023 年 9 月20日　初版二刷
定價——新臺幣 380 元
(缺頁或破損的書，請寄回更換)

ISBN —— 978-626-361-153-5

遠流博識網　遠流粉絲團

E-mail | ylib@ylib.com